Emily Bold

Auf der Suche nach Mr. Grey

Kurzroman

Auf der Suche nach Mr. Grey

Auf der Suche nach Mister Grey – oder: Warum Autsch kein gutes Safeword ist!

Anna ist Single – und glühender Fan erotischer Romane. Um ihre heimlichen Träume zu verwirklichen, beschließt sie, ihr Leben komplett umzukrempeln. Verrucht, kühn und sexy – so stellt sie sich die neue Anna vor. Und natürlich gehört an die Seite einer solchen Femme fatal niemand Geringeres als ihr ganz persönlicher Mister Grey.

Doch schon bald muss sie feststellen, dass sich die Kandidatensuche weit schwieriger gestaltet als gedacht, denn dominante Milliardäre sind rar. Stattdessen ist der Weg in Annas aufregendes und möchtegern-devotes Leben mit Fettnäpfchen, äußerst fragwürdigen Dates und dem Spott ihres Mitbewohners Marc gepflastert. Wird sie trotzdem den Mann ihrer Träume finden?

Autorin

Emily Bold lebt mit ihrer Familie in einem idyllischen Ort in Bayern mit Blick auf Wald und Wiesen – äußerst ruhig und inspirierend. Sie schreibt Liebesromane, Paranormal Romance und Jugendbücher.

Titel von Emily Bold

Klang der Gezeiten
Ein Kuss in den Highlands

Der Sehnsucht wildes Herz
Gefährliche Intrigen
Mitternachtsfalke
Blacksoul – In den Armen des Piraten

Vergessene Küsse
Verborgene Tränen
Verlorene Träume

Vanoras Fluch (The Curse 1)
Im Schatten der Schwestern (The Curse 2)
Das Vermächtnis (The Curse 3)

The Darkest Red: Aus Nebel geboren
The Darkest Red: Von Flammen verzehrt
The Darkest Red: Im Dunkel verborgen

Emily Bold

Auf der Suche nach Mr. Grey

Coverdesign: © Emily Bold
Stock: iStockphoto
Lektorat/Korrektorat: K. Schwaben-Beicht

http://emilybold.de

Printed by Create Space, ISBN-13: 978-1507825495
Creative Media Solutions, Am Baumgarten 5, 91486 Uehlfeld

Kapitel 1

Kennt Ihr das?

Sich in einer Situation wiederzufinden und sich dann zu fragen, wie um alles in der Welt man da gelandet ist?

So ging es mir gerade.

Ich kniete breitbeinig, nur in roter Spitzenunterwäsche und mit verbundenen Augen, auf dem Küchentisch und wartete …

Kapitel 2

„Wenn du nachher einkaufen gehst, Anna, dann denk an Abflussreiniger! Die Brühe im Waschbecken fließt schon wieder nicht ab!"

Seufzend ließ ich mein Buch sinken und starrte die Tür an, durch die ich diese leicht ekelhafte Information vernommen hatte. Wollte ich wissen, um was für eine „Brühe" es sich handelte? Ich sah direkt die braune stinkende Brühe mit undefinierbaren Brocken und ihrem verwesenden Gestank vor mir. Mich schauderte, und nach einem neuerlichen Seufzen schloss ich den Buchdeckel. Mit solchen Problemen mussten sich die Helden in meinem Lieblingserotikroman nicht herumärgern. Da gab es nur meine Namensschwester Anna und den unvergleichlichen, dominanten und absolut faszinierenden Christian!

Leider fehlte mir so ein Kerl in meinem doch recht gewöhnlichen Leben. Der einzige Mann, mit dem ich regelmäßig sprach, war Marc – mein Mitbewohner. Aber der war so ein überheblicher Macho der billigsten Sorte, dass er mir schon damals in unserer gemeinsamen Schulzeit nur tierisch auf den Senkel gegangen war. Trotzdem hatte ich das fragwürdige Vergnügen, mir mit ihm eine Wohnung zu teilen. Und besonders jetzt, wo ich mich offensichtlich mit „seiner Brühe" beschäftigen sollte, war das Vergnügen gleich noch eine Spur fragwürdiger.

Ich rollte mich vom Bett und tauschte die Jogginghose gegen eine Jeans.

„Verdammt!“, murmelte ich, als ich die Bauchdecke bis zur Wirbelsäule hin einzog und trotzdem mit dem Knopf zu kämpfen hatte. Die Hose war neu und musste in der Waschmaschine eingelaufen sein – oder hatte ich womöglich doch wieder ein paar Pfunde zugelegt? Ich schielte auf meinen Bauch.

„Verdammt!“

Die Weihnachtstage hatten ihre Spuren hinterlassen.

Warum konnte ich nicht so schlank sein wie meine Romanheldin? Warum nur war die Welt so ungerecht?

Als ich ins Bad kam, stand Marc mit vor der Brust verschränkten Armen da und betrachtete das Debakel. Das Haar im Out-of-Bed-Look mit Gel zurechtgezupft, die Jeans tief auf den Hüften und das Shirt an den Armen über seinen Bizeps hochgerollt, sah er aus, als wäre er mal wieder auf der Jagd nach Betthäschen.

„Das ist dein Werk!“, warf er mir vor und zupfte ein Büschel langer blonder Haare aus dem verstopften Abfluss. Die Brühe gluckerte, blieb aber weiterhin hartnäckig im Waschbecken stehen.

„Das ist nicht meine Schuld! Als ich das Bad verlassen habe, lief das Wasser noch ab.“

„Annalein, nachdem du die Tonne Make-up abgewaschen, dir die Flusen ausgekämmt und deine Nägel gezwickt hattest …“

„Halt die Klappe, Marc! Ich geh ja schon und besorg uns Rohrfrei. Aber wenn ich du wäre, würde ich aufpassen, dass ich dich nicht im Schlaf darin auflöse und im Klo runterspüle!"

Ich gab mir alle Mühe, ihn dabei böse anzufunkeln, aber immer, wenn ich dachte, ich hätte etwas Schlagfertiges entgegnet, hob er nur die linke Augenbraue und grinste amüsiert. Dieser Linke-Augenbrauen-Tick ging mir auf die Nerven – wenn er das tat, spürte ich regelrecht den Spott, mit dem er mich bedachte.

„Du schleichst also nachts heimlich in mein Zimmer, ja? Kein Wunder, ich bin ja selbst im Schlaf noch der Hammer!"

Oh – echt? Was entgegnete man bitteschön auf so einen Spruch? Genau! Nichts!

Die randvolle Einkaufstüte auf dem Gepäckträger meines Fahrrads wackelte bedenklich, als ich den Hügel zu meiner Wohnung wieder hinaufstrampelte. Der Schweiß sammelte sich in meinem BH, und diese verdammte neue Jeans nahm mir den Atem. Ich hatte echte Sorge, dass eine der Nähte platzen könnte.

Am Ende meiner Kräfte gab ich mit zitternden Beinen den Kampf gegen die Steigung auf und stieg ab. Ich kam einfach nicht weiter als bis zum Haus von Doktor Lindner. Dabei quälte ich mich schon seit dem Jahreswechsel – und dem damit einhergegangenen guten Vorsatz, mich mehr zu bewegen – jeden Tag mit dem Rad ab. Nicht nur, weil mein Auto eine Reparatur nötig hatte, sondern auch, um meinen überschüssigen Pfunden auf den Pelz zu rücken.

Aber die Pfunde lachten sich eins über meinen Versuch, durch Bewegung gegen sie anzukämpfen, denn sie wussten nur zu gut, dass ich der Versuchung nicht widerstehen konnte, am Abend eine große Schüssel Schokodrops zu verschlingen.

Ja, ich gebe es zu! Ich bin schwach!

Darum keuchte ich auch so, als ich endlich oben angekommen war und mein Rad abstellte. Als ich die Fahrradkette um den Laternenmast wickelte, krachte die Tüte zu Boden, platzte auf, und meine Einkäufe kullerten in alle Himmelsrichtungen.

„So ein Mist!"

Ich sprang auf, riss mir am Schutzblech den Unterarm auf und sammelte laut schimpfend das ganze Zeug wieder ein.

Mein Leben war doch echt zum Heulen!

Beladen wie ein Packesel, schleppte ich den Einkauf hinauf in den dritten Stock und hämmerte in Ermangelung einer dritten Hand für den Schlüssel mit dem Fuß gegen die Wohnungstür.

Als Marc nach einer gefühlten Ewigkeit öffnete, erkannte ich bereits an der ihn umgebenden Duftwolke von Aftershave, dass er irgendeine Tussi zu Besuch hatte.

„Annalein, du Dummerchen, warum hast du dir denn keine Tüte geben lassen?", foppte er mich.

Ich biss die Zähne zusammen und drängte mich ohne eine Entgegnung an ihm vorbei.

Achtlos ließ ich die Einkäufe auf dem Küchentisch liegen und verschwand in mein Zimmer. Ich wollte nicht nur seiner Gegenwart entfliehen, sondern am besten gleich meinem ganzen Leben!

Frustriert ließ ich mich aufs Bett fallen und schloss die Augen.

Dieser bescheuerte Marc!

Schlimm genug, dass ich keinen Freund hatte – seit Jahren. Aber auch noch mit Marc zusammenzuwohnen, der ständig irgendwelche Weiber am Start hatte, war wirklich zu viel des Guten.

Aber als Anwaltsgehilfin konnte ich mir zumindest im Moment keine eigene Wohnung leisten. Und vermutlich würde die Einsamkeit dort mich nur dazu bringen, mir vierzehn Katzen ins Haus zu holen und Selbstgespräche zu führen. Keine besonders verlockende Aussicht!

Ich biss mir auf die Innenseite meiner Wange und überlegte, wie ich mir mein Leben vorstellen würde, wenn ich die Wahl hätte …

Marcs Freundin quiekte schrill und riss mich aus meinen Gedanken. Ich schnaubte.

Ob ich wohl genug Rohrfrei gekauft hatte, um sie auch noch gleich mit aufzulösen? Gut möglich, denn Marcs Weiber bestanden zumeist aus nicht mehr als Haut und Knochen – Hirn suchte man zum Beispiel normalerweise vergeblich. Wobei sich Gehirnmasse bestimmt leicht auflöste …

Ich schüttelte diese nicht gerade appetitliche Vorstellung ab und besann mich wieder auf meine Zukunftsvision. Meine rosige Zukunftsvision, um genau zu sein.

Ich wäre natürlich schlank – und sexy. Die Männer in St. Tropez würden sich alle nach mir umdrehen, wenn ich mit wiegenden Hüften auf meinen Louboutins an ihnen vorbeischlenderte. Auf der Jacht würde der Champagner in der Sonne perlen, erlesene Häppchen meinen Appetit stillen und mein gut aussehender, gebräunter Freund mich nackt unter Deck erwarten.

Er würde auf mich zukommen, vollkommen frei von Scham, und mir das Kleid von den Schultern streifen. Die teure Spitzenunterwäsche würde ihm nichts bedeuten – sie wäre ihm nur im Weg. Er würde mit seinem Finger unter die Spitze fahren und missbilligend die Lippen zusammenkneifen. Ich sollte für ihn keine Wäsche tragen. Er würde mich stehenlassen, sich abwenden, denn ich hätte ihn damit erzürnt. Er würde sich eine Strafe überlegen. Vielleicht würde ein kleines Messer in seiner Hand glänzen, wenn er sich wieder zu mir umdrehen würde ... Ich würde nach Luft schnappen, wenn er mich mit einem Schritt erreichen und die kalte Klinge meine Wange streifen würde.

„Böses Mädchen!“, würde er raunen, das Messer unter den Träger meines BHs schieben und ihn durchtrennen.

Ich würde den Atem anhalten, wenn er mit der Messerspitze über mein Dekolleté fahren würde. Und obwohl er mich nicht verletzen würde, würde ich zittern, sobald ich die Fesseln auf dem Bett liegen sähe.

Mit einem Blick würde er mich zum Bett dirigieren. Ich würde gehorchen, denn ich wüsste, er duldet keinen Widerstand. Grob würde er mir die Fesseln anlegen. Ich könnte kaum atmen, so sehr würde mich sein Tun in den

Bann schlagen. Ich sähe ihm erregt zu, wie er mir den Slip vom Körper schneiden würde. Ich verlöre mich in seinen dunklen, mich beherrschenden Augen. Er käme immer näher – würde sich über mich schieben und sein Atem wie Feuer auf meiner Haut brennen ...

„Telefon!"

Ich spürte seine Lippen auf meinen – war bereit, jedem seiner Befehle zu gehorchen, aber …?

„Anna! Telefon!"

… aber was meinte er damit?

Das Traumbild verlor an Klarheit, und die Lippen meines Liebhabers trockneten aus. Ich befreite mein Gesicht aus dem Kopfkissenbezug und versuchte, zu ergründen, wo das drängende Klopfen herkam.

„Soll ich deiner Mutter sagen, dass du zurückrufst?"

Marcs Stimme klang genervt, und ich taumelte, noch vollkommen benommen von meinem Traum, zur Tür. Da stand er. Sein Blick ruhte wie immer herablassend auf mir.

„Holla – Anna, ich wusste ja nicht, dass du beschäftigt bist", murmelte er mit einem süffisanten Unterton.

Aber erst als sich ein Grinsen auf seinem Gesicht breitmachte, bemerkte ich, dass sich meine Brustwarzen hart durch das Shirt abzeichneten.

Scheißtraum!

Das Blut schoss mir in die Wangen, und ich riss ihm das Telefon aus der Hand.

„Gib schon her!"

Kapitel 3

Das Klackern der Tastaturen meiner Kolleginnen bildete die monotone Untermalung meiner unspektakulären Arbeitstage. Heute störte mich das Geräusch und machte mich unruhig, denn ich hatte die halbe Nacht nicht geschlafen. Nachdem ich mich noch stundenlang mit der deprimierenden Wahrheit meines Lebens herumgequält hatte, war ich zu dem Schluss gekommen, dass ich nichts – ja, absolut gar nichts zu verlieren hatte. Ich musste etwas ändern – ja, ich würde etwas ändern. Und zwar nicht nur eine Kleinigkeit! Nein, alles!

Ich würde so kühn und mutig werden wie in meinen Träumen. Ich würde begehrenswert sein und ein aufregendes und erfüllendes Liebesleben haben.

Die Romanreihe zeigte doch, dass so etwas möglich war. Natürlich war ich nicht so dumm, zu glauben, dass ein Milliardär mit Hang zu ausgefallenen Sexspielen gleich hier zur Tür hereinkäme und mich dann mit seinem Helikopter in das Reich meiner Träume entführen würde. Aber sicher gab es irgendwo da draußen solche Männer. Männer mit Stil – und Charme, mit Eleganz und Feingefühl, die in den Stunden der Nacht ihre dunkle und verruchte Seite hervorkehren würden. Und die mit mir all die Dinge erleben würden, von denen ich seit der Lektüre dieser Romane heimlich träumte.

Mit einem Blick über die Schulter überzeugte ich mich davon, dass ich unbeobachtet war – und öffnete den Internetbrowser.

Mein neues Leben würde jetzt beginnen! Genau jetzt.

So entschlossen ich auch war, so ratlos sah ich auf das Eingabefeld der Suchmaschine.

Nach was suchte man denn, wenn man den ersten Schritt in ein verruchtes Leben gehen wollte?

Nach Sexspielzeug? Einem Vibrator? Gleitgel?

Etwas unsicher lagen meine Finger auf der Tastatur, und ich kontrollierte zur Sicherheit ein weiteres Mal die Köpfe meiner Kolleginnen.

Gut – also los!

Ich tippte Sexspiel … und wunderte mich über die vorgeschlagenen Suchbegriffe: Sexspielzeug, Chlamydien – Sexspielzeug für Hunde …

Na, das suchte ich jedenfalls nicht. Ich rückte meinen Stuhl zurecht, um den Bildschirm vor neugierigen Blicken abzuschirmen.

„Diskrete Onlinesextoys" klang da doch schon besser. „10.000 Sextoys online" – sogar noch besser. Kühn scrollte ich mich durch das Sortiment und stellte fest, dass ich kaum wusste, wofür manche dieser Dinge überhaupt gedacht waren.

Um die Hemmungen vor solchen Dingen zu verlieren, beschloss ich, auf jeden Fall etwas zu kaufen. (Wenn auch nicht sofort die 4.000 Euro teure Sexschaukel aus rotem Leder.) Ein Vibrator schien mir für den Anfang doch ganz harmlos. Aber auch da war die Auswahl riesig. Weil ich fürchtete, dass meine heimliche Einkaufsaktion während der Arbeitszeit auffallen könnte, nahm ich das erstbeste Modell in Lila – einfach, weil ich die Farbe ganz ansprechend fand. Ab damit in den Warenkorb, und schon war das Ding gebongt.

Als ich mich wieder nach den Kolleginnen umdrehte, fühlte ich mich wie vollkommen neu geboren.

Boah!, war ich verrucht!

Den ganzen restlichen Tag konnte ich mich nicht mehr auf meine Aufgabe konzentrieren – schließlich hatte ich einen Vibrator bestellt! Das würde zwar vermutlich noch nicht alle meine Probleme lösen, aber ich ging davon aus, dass allein die Männer mir schon bald ansehen würden, was für eine Sexbombe sich hinter meiner eher durchschnittlichen Fassade verbarg.

Obwohl mir das Wasser über den Kopf rann, hörte ich die Haustürklingel.

„Mist!"

Das war ein schlechtes Timing! Um diese Zeit klingelte samstags normalerweise nur der Postbote. Ich wischte mir hektisch mit den Händen den Schaum vom Kopf, aber das brachte nichts. So konnte ich unmöglich an die Tür.

„Marc!", rief ich und verfluchte die Musik, die aus seinem Zimmer drang.

„Maaaarc!"

Ich schob den Duschvorhang beiseite und lehnte mich, soweit ich konnte, ins Bad. „Mahaaarc!“

Erneut schrillte das Klingeln durch die Wohnung.

„Ja – verdammt! Ich geh ja schon!“, hörte ich Marc murren.

Erleichtert zog ich den Kopf wieder in die Dusche und spülte mir das Shampoo aus den Haaren. Von plötzlicher Unruhe ergriffen, wurde mir klar, dass ich nur eine Sache bestellt hatte …

Aufgeregt sprang ich aus der Dusche und wickelte mich in ein Handtuch ein. Guter Gott, das musste mein Vibrator sein! Ich steckte die Enden des Handtuchs in mein Dekolleté und öffnete die Tür einen Spaltbreit.

Tatsächlich hörte ich den Briefträger mit Marc reden.

„… dummerweise beschädigt. Vielleicht könnten Sie das Päckchen öffnen, um nachzusehen, ob die Sendung unversehrt ist?“

Was???

Mir stockte der Atem. Das konnte doch nicht wahr sein!

„Sicher – das haben wir gleich“, hörte ich Marc entgegnen … und rannte los.

„Stopp! Halt! Nein – Marc, lass das!“, brüllte ich, und noch während ich auf ihn zuhielt, sah ich mich selbst in einer Szene, die genauso gut aus einem Kinofilm hätte stammen können. Ich sah, wie sich das Handtuch löste, während ich versuchte, Marc das Paket zu entreißen. Ich sah, wie der Karton aufplatzte, mein in Folie verpackter Dildo dem Briefträger vor die Füße rollte und mein Handtuch sich den Gesetzen der Schwerkraft ergab und zu Boden fiel.

Mein Schrei hallte laut durchs Treppenhaus und schloss wohl jedes einzelne dieser schrecklichen Details mit ein.

Ich warf mich vor dem vollkommen perplexen Briefträger auf den Fußboden und grapschte nach meiner Bestellung.

„Was zum Teufel …“ Marc sah mich an, als wäre ich verrückt geworden – und im Grunde wäre das die beste Erklärung für diese Peinlichkeit gewesen!

Ich hielt den Blick auf meine Füße gesenkt. Marcs Blick schien mich zu durchbohren, und ich hasste es, dass er vor mir stand, als wäre er mein Vater.

Mit eiskalten Fingern umklammerte ich das Handtuch und vermied es, den lilafarbenen Riesendildo auf dem Couchtisch auch nur anzusehen. Er war viel größer, als ich gedacht hatte, und er neigte sich in meine Richtung, als wollte er mich begrüßen. Hysterisches Prusten entstieg meiner Kehle, und ich hielt mir die Hand vor den Mund.

„Willst du mir erklären, was das Ganze hier soll?“, fragte Marc und hob die Augenbraue.

Seine Spottbraue – wie ich das verhasste Ding schon nannte.

„Nein, Marc, das Letzte, was ich will, ist dir irgendeine Erklärung abzugeben.“

Er setzte sich mir gegenüber in den Sessel und neigte

sich zu mir herüber. Das amüsierte Funkeln in seinen Augen zeigte, dass er sich köstlich unterhalten fühlte.

„Na schön, Anna, aber auch wenn du nichts sagst – sooo viel kapier ich dann doch. Du, dein *kleiner* neuer Freund … und die Dusche, he?“

Er grinste breit, und seine dunklen Augen brandmarkten mich. Ich fühlte mich kein bisschen sexy – oder verrucht, sondern schlichtweg peinlich berührt.

„Halt die Klappe!“, presste ich wütend zwischen den Zähnen hervor.

„Du kannst nicht erwarten, dass ich es nicht kommentiere, wenn du dich nackt vor mir auf den Boden wirfst. Aber sag mal, Anna – wen wolltest du denn damit verführen? Mich, oder doch den alten Herrn Kreutzer?“

„HALT DIE KLAPPE!“, beschränkte ich mich auf eine Wiederholung meiner Antwort, denn dass er mich nackt gesehen hatte, war mir vor lauter Peinlichkeit ja schon fast wieder entfallen.

„Netter Hintern, übrigens – so schön rund und …“

„Marc! Im Ernst! Ich habe keine Lust, darüber zu reden!“

Ich stand auf, raffte mein Handtuch fest an meine Brust und zögerte … Vibrator mitnehmen oder liegen lassen?

Noch ehe ich mich entscheiden konnte, was peinlicher wäre, griff sich Marc das gute Stück und wog es mit gespielter Bewunderung in der Hand.

„Ein ordentlicher Prügel, Anna – bist du sicher, dass der nicht für Stuten ist?“

Ich riss ihm das Ding aus der Hand und floh in mein Zimmer. Aber er kam mir nach.

„Ich wusste ja nicht, dass du so einsam bist, Annalein – dabei steht dir meine Tür doch immer offen!"

„Ha! Du hast mehr Verkehr dort drin als die Münchner U-Bahn. Du erwartest also nicht, dass ich auf diesen Zug auch noch aufspringe? Und jetzt verschwinde endlich und lass mich in Ruhe!"

Zornig knallte ich ihm die Tür vor der Nase zu und feuerte den verfluchten Vibrator in die hinterste Ecke des Zimmers.

Den ganzen Tag ging ich Marc aus dem Weg, verließ mein Zimmer nur, wenn notig, und verkroch mich dann so schnell ich konnte wieder in meinem Reich. Ich hatte nicht vor, jemals wieder mit ihm zu sprechen, bis er am Abend mit mehr Gefühl, als ich ihm zugetraut hätte, an meine Tür klopfte.

„Anna? Lebst du noch?"

„Verschwinde!"

„Hat dich der Stutenvibrator in Stücke gerüttelt?"

„Hau ab!" Ich war wütend, konnte mir aber ein Grinsen trotzdem nicht verkneifen.

„Ich habe eine Familienpizza und eine Flasche Lambrusco bestellt. Hast du Hunger?"

„Nein. Lass mich einfach in Frieden!"

„Du kannst nicht nur von Liebe leben, Süße."

„Marc, wirklich, wenn du nicht willst, dass ich dich aus der Wohnung schmeiße, dann …“

„Na komm! Ich kann ja wohl nichts für deinen Auftritt heute. Und es tut mir leid, wenn … wenn ich die Situation als lustig empfand. Du … du warst zum Schießen komisch, Anna. Das musst du doch selbst zugeben.“

Konnte ich das zugeben? Na, vielleicht ein kleines bisschen. Ja, na schön, für Außenstehende mochte das lustig gewesen sein.

Noch nicht ganz überzeugt schaltete ich meinen Fernseher aus und ging zögernd zur Tür. Mit der Hand auf der Klinke verharrte ich.

„Schwöre, dass du nicht mehr lachst!“, forderte ich.

„Ich fürchte, das kann ich nicht. Aber … aber ich verspreche, dass ich mir Mühe gebe.“

Für Marcs Verhältnisse war das viel. Mehr würde ich nicht erreichen, also drehte ich den Schlüssel und holte Luft. Meine Wangen waren so heiß, dass ich Angst hatte, meine Haare würden Feuer fangen, und ich ermahnte mich, dass ich immerhin vorhatte, kühn und sexy zu werden. Da war Scham wegen etwas nackter Haut wohl nicht angebracht.

Mit jedem Quäntchen Selbstbewusstsein, das ich aufbringen konnte, öffnete ich die Tür. Marc grinste so breit wie die Grinsekatze bei *Alice im Wunderland*, und ich drängte mich hoch erhobenen Hauptes an ihm vorbei.

„Geht doch“, murmelte er und folgte mir ins Wohnzimmer.

Wir setzten uns, und Marc schaute auf die Uhr.

„Die Pizza sollte gleich da sein.“

Ich nickte. „Nimm du die Pizza und ich den Wein. Nur so kann ich ertragen, was heute passiert ist!"

Ich band mir die Haare zu einem Pferdeschwanz zusammen, denn einfach nur still hier zu sitzen, war ein Ding der Unmöglichkeit. Bildete ich mir das nur ein, oder sah mich Marc irgendwie anders an? Er grinste doch wohl nicht schon wieder, oder?

Ich nahm meinen Mut zusammen und sah ihn direkt an. Ja – er grinste.

„Du übertreibst", meinte er und zuckte mit den Schultern. „Was ist denn schon groß passiert?"

Ich lachte höhnisch.

„Du hast mich nackt gesehen! Und diesen … diesen …"

„Vibrator?", half er mir auf die Sprünge, und ich nickte.

„Ja – genau!"

Er lachte und sah mich neugierig an.

„Das war die wirkliche Überraschung, Anna. Deinen nackten Hintern kenne ich schon von früher." Seine linke Augenbraue hob sich.

Ja, na schön, er hatte mich schon vor zwei Jahren unbekleidet gesehen, als er mit meiner Bekannten Tanja, die damals mit mir in dieser Wohnung gewohnt hatte, zusammen gewesen war. Bei einem nächtlichen Ausflug zu einem Badesee hatten wir und einige andere Freunde sämtliche Hüllen fallen lassen. Aber damals war es dunkel gewesen – und ich hatte bis heute nicht angenommen, dass er mich damals überhaupt wahrgenommen hatte.

Als es mit Tanja und ihm in die Brüche ging, zog sie aus – und er ein. Das hatte ich zwar nie verstanden, aber im Grunde war es mir egal – Hauptsache, jemand beteiligte sich an der Miete.

„Das mit dem …" Ich musste es aussprechen, wenn ich wirklich so kühn und verwegen sein wollte wie geplant. „… das mit dem Vibrator ist nicht so, wie du denkst!", presste ich heraus und war froh, dass der Pizzabote in diesem Moment an der Tür klingelte.

Marc sprang auf, hob aber den Zeigefinger.

„Warte … das klingt spannend! Da reden wir gleich weiter."

Er bezahlte den Lieferjungen mit einem Geldschein aus seiner hinteren Hosentasche. Dabei hob er sein Shirt etwas an, und ich sah seine Boxershorts herausspitzen. Schnell drehte ich mich um.

Er kam zurück und schlug den Deckel der Pizzaschachtel auf. Der Duft von Salami und Käse breitete sich aus, und ich angelte mir eines der dreieckigen Teigstücke aus dem Karton, während Marc uns den Wein in Wassergläser füllte. Wir wohnten zwar schon lange zusammen, aber waren doch Welten davon entfernt, uns gemeinsames Geschirr anzuschaffen – und Weingläser besaß eben keiner von uns.

Mit vollem Mund griff er das Gespräch wieder auf.

„Also noch mal – wie kann das mit dem Sexspielzeug anders sein, als ich denke? Du weißt doch gar nicht, was ich denke."

Ich schwieg und kaute konzentriert meine Pizza. Sollte er doch denken, was er wollte! Er würde mich eh nicht verstehen!

„Soll ich dir sagen, was ich glaube, Annalein?"

Wie ich es hasste, wenn er mich so nannte.

„Was glaubst du denn? Du Experte!“

„Ich denke, dass du nicht der Typ bist, der … der auf so was steht. Du willst mir doch nicht sagen, dass du Spaß daran hättest, allein in deinem Bett zu liegen und diesen brummenden Pferdepimmelverschnitt zwischen deine Beine …“

Ich verschluckte mich fast an meiner Pizza und hustete quer über den Tisch. Marc lachte und kam zu mir herüber, um mir auf den Rücken zu klopfen.

„Dachte ich mir“, meinte er nur grinsend und trank sein Glas aus.

Ich wischte mir die Krümel vom Kinn und sah ihn neugierig an.

„Was meinst du damit?“

Er lehnte sich lässig in die Kissen zurück, legte den Arm auf die Lehne, streckte die Beine weit von sich, und wirkte auf mich wie ein Pascha in seinem Harem.

„Ich meine, dass du einfach zu prüde für so was bist, Anna. Du bist ein Missionarsstellung-Mädchen. Gib es zu, damit fühlst du dich am wohlsten.“

Energisch schüttelte ich den Kopf. Das war ich vielleicht einmal gewesen. Aber jetzt – nachdem ich diese Romane verschlungen hatte, erkannte ich, dass ich eine dunkle Seite in mir trug, die ich nie ausgelebt hatte. Ich war nicht so verklemmt, wie Marc annahm.

„Du kennst mich kein bisschen“, widersprach ich ihm. „Du ahnst nicht im Geringsten, wovon ich träume, was ich mir … wünsche.“

Wieder diese Spottbraue.

„Dann sag es mir doch? Klär mich auf, was für ein

versautes Stück im Zimmer nebenan wohnt – nur, damit ich gewarnt bin."

Ich zögerte. Marc war nur wieder darauf aus, sich über mich lustig zu machen. Aber im Grunde sollte mir das doch egal sein. Es wäre eine gute Übung zum Weg in mein neues, echt anderes Leben, offen über alles zu sprechen. Schließlich war ich bei Weitem nicht so verklemmt, wie er dachte. Na schön, ich unterhielt keinen mit Peitschen und Fesseln ausgestatteten Darkroom, aber ich war doch mit meinem lila Ersatzpenis auf dem besten Weg dorthin.

Beinahe hätte ich über mich selbst gelacht.

„Na schön …", setzte ich an, und diesmal grinste ich über Marcs verdutzten Gesichtsausdruck. Er hatte wohl nicht damit gerechnet, dass ich wirklich etwas sagen würde. „Du hast doch sicher von diesen Büchern gehört, die im Moment überall so kontrovers diskutiert werden", murmelte ich, während ich die labbrige Spitze meines zweiten Pizzastücks abbiss.

Marc schmunzelte.

„Meinst du diese Hausfrauenpornos mit dem dominanten Milliardär?"

Ich wurde wirklich schon wieder rot. So, wie er davon sprach, war es mir fast unangenehm, das Thema überhaupt angesprochen zu haben. Ich spülte mir den Mund mit einem großzügigen Schluck Rotwein aus und nickte.

„Ja – genau die meine ich. Ich …"

„Ach komm, Anna", unterbrach er mich. „Du willst mir jetzt nicht sagen, dass du auf so'n Zeug stehst."

„Und warum bitteschön nicht?"

Er sah mich verwirrt an.

„Du bist doch keines von diesen devoten Weibchen, das sich von Prinz Charming den Hintern versohlen lässt. Das glaub ich dir nicht.“

So, wie er das sagte, glaubte ich das auch nicht, aber er sah das ja auch falsch. Wenn man sich liebte, gab es keine Grenzen – auch nicht im Bett. Darum ging es. Alles auszuprobieren, worauf man Lust hatte.

„Glaub, was du willst, Marc – was kann ich dafür, wenn du in diesen Dingen nicht so aufgeschlossen bist wie ich“, gab ich mich absolut weltgewandt.

Aber er schien mir noch immer nicht zu glauben. Langsam wurde es doch wieder peinlich. Schnell kippte ich mir den Rotwein in den Mund und schenkte uns dann nach.

Dabei spürte ich Marcs Blick auf mir, wie ein verwundetes Rehkitz den des Wolfes.

„Okay, Anna – ich glaube dir. Du bist also ein versautes Mädchen, das gerne bestraft wird und sich im Bett vollkommen unterwirft?“

Hmm??? Ich zögerte. War ich das? Oder durfte man das erst von sich behaupten, wenn man mindestens einmal von jemandem bestraft worden war? Na, da ich ja ohnehin vorhatte, das schon bald geschehen zu lassen – und ich nicht annahm, dass Marc und ich dieses Gespräch dann noch einmal führen würden – konnte ich wohl dem baldigen Geschehen ruhig etwas vorgreifen.

„Jep“, gab ich wenig überzeugend zurück.

„Ach … echt? Und …“ Er lehnte sich vor, sein Bein berührte meines, und sein Blick bohrte sich in meine Augen. „Und wie oft genau lässt du böses Mädchen dich so verhauen?"

Ich rückte etwas von ihm ab und räusperte mich, denn seine Nähe sandte vollkommen unerwünschte Schauer durch meinen Körper.

„Das werd ich dir gerade sagen! Ich frag dich doch auch nicht nach deinem Sexleben!"

„Das können wir ändern", schlug er grinsend vor und fing an, aufzuzählen: „Gestern hatte ich einen Quickie mit Franzi von der Tankstelle – du hast sie, glaube ich gesehen, als du vom Einkaufen kamst –, und am Abend …"

„Guter Gott, Marc! Hör auf! Verschone mich mit deinen Bettgeschichten. Ich … ich will das wirklich nicht hören!", rief ich und leckte mir den Käse vom Finger. „Wir sollten solche Gespräche echt nicht führen, Marc – das … das ist einfach verkehrt."

Er hob die Augenbraue, und ich verkniff es mir, das zu kommentieren.

„Danke für die Pizza", murmelte ich und floh wieder in mein Zimmer.

Durch die Tür hörte ich, wie Marc die Gläser in die Spülmaschine räumte.

„Ach, Anna?", rief er, als ich mir gerade meinen Roman griff.

Ich schnaubte. Konnte ich eigentlich nie meine Ruhe haben?

„Was?", rief ich zurück, ohne vom Bett aufzustehen.

„Wieviel Strom braucht eigentlich dein Riesenpenis? Ich frag nur, weil wir uns ja die Stromrechnung teilen …"

Ich rollte mit den Augen und verkniff mir ein Lachen. Dieser Idiot!

Kapitel 4

Eine ganze Woche war vergangen, in der ich den lila Dildo nur aus der Ferne betrachtet hatte. Ich wollte es mir ja nicht eingestehen (denn es passte nicht so gut zu meiner neuen Lebenseinstellung), aber dieses Riesending machte mir Angst. Ich konnte mir – so rein anatomisch keine Körperöffnung vorstellen, in die dieses Monstrum passen würde.

Aber da auch sonst leider keinerlei Verbesserung meiner Situation eingetreten war, musste ich noch einmal genau über die Ernsthaftigkeit meines Vorhabens nachdenken. Wollte ich wirklich etwas Neues wagen? Und wenn ja, warum verhielt ich mich dann so passiv? In meinem Roman war schließlich auch Anna zu Christian gekommen. Sie hatte den ersten Schritt gemacht.

Mit neuem Mut (aber leider immer noch genauso großen – oder vielmehr kleinen Körperöffnungen) griff ich mir die Folienpackung mit dem lilafarbenen Kunststoffpenis. Vielleicht war die passende Körperöffnung ja im Lieferumfang enthalten? Ich drehte und wendete die Verpackung, fand aber keinerlei Hinweise in deutscher Sprache – dafür die wenig naturgetreue Abbildung einer ebenso lilafarbenen Vagina.

„Made in Taiwan" stand auf der Tüte. Aha! Konnte ich demnach darauf schließen, dass Männer in Taiwan so ausgestattet waren? Sehr beeindruckend … aber die armen Frauen! Ich nahm den Vibrator heraus und fühlte mich schon allein deshalb ziemlich verwegen.

Das Warnzeichen auf der Abdeckung des Akkus ließ mich innehalten. Hmmm??? Ehe ich mir einen vaginalen Stromschlag zufügte, der meine Gebärmutter grillen würde, sollte ich doch vielleicht einen Blick in die Bedienungsanleitung werfen. Die war beinahe so dick wie der Penis selbst und in gefühlte siebentausend Sprachen übersetzt. „Sex sells“ galt offensichtlich in jedem Land der Welt.

Schon auf der dritten Seite fand ich eine Anleitung, von der in der Überschrift behauptet wurde, sie sei in deutscher Sprache verfasst. Wenn das stimmte, sprach ich definitiv kein Deutsch.

„Glückwunsch für Sie haben worben stechende Qualität“, las ich ungläubig.

Stechende Qualität??? War das ein besonderes Qualitätsmerkmal für Dildos? Stechend?? Hmmm …

„Unbedingt vor brauchen einführen die Bedienung“, las ich weiter.

Du meine Güte! Ich ließ die Anleitung sinken. Wollte ich mir das wirklich antun?

„Bringen Sie dessen Gerät nicht Seewasser hinten.“

Erschrocken über die stechende Qualität dieser Anleitung suchte ich aus Gründen der Lebenserhaltung nach einem CE-Gütesiegel oder einer TÜV-Plakette. Vergeblich!

Mussten Geräte, die in den menschlichen Körper eingeführt werden konnten – oder sollten – nicht irgendwelche Prüfstandards erfüllen? Ich wollte wirklich keine radioaktiv verstrahlte Vagina, die im Dunkeln lila leuchtete, weil der Farbstoff des undefinierbaren Kunststoffs abfärbte!

Enttäuscht über die nicht vorhandene taiwanesische Sorgfaltspflicht hielt ich den Riesenpenis eine Armeslänge von mir weg und schaltete auf Stufe 1 von 3. Mit lautem Brummen fing er an zu vibrieren. Laut! Er war fast so laut wie ein Rasenmäher. Schnell, ehe Marc noch Verdacht schöpfen würde, stellte ich ihn wieder ab. Diskret war definitiv anders.

„Herrgott!“, fluchte ich enttäuscht und stellte ihn aufs Fensterbrett. Wie er da in seiner vollen Größe so stand, lila leuchtend, erinnerte er mich fast ein wenig an meine alte Lava-Lampe. Aber ich glaube, die war nicht ganz so groß gewesen.

Ich lachte über mich selbst. Was dachte ich mir nur? Ich erkannte mit absoluter Klarheit, hervorgerufen durch die Vorstellung, ich würde es mit einer Lava-Lampe treiben, dass ich nicht der Typ war, der Sex nur mit sich selbst haben wollte.

Ich brauchte einen Mann!

Ohne Christian wäre meine Romanheldin sich in seinem Spielzimmer vermutlich auch ziemlich verloren vorgekommen. Immerhin sehnte ich mich nach einem dominanten Partner. Der würde mir durch seine Stärke meine Unsicherheit schon nehmen.

Aber wo genau sollte ich einen entsprechend veranlagten Typen finden?

Ich ging in meinem Zimmer auf und ab und beschloss,

dass hier vermutlich keiner vorbeikäme. Also schmiss ich mich in Schale. Kurzer schwarzer Rock, dunkelrote Bluse. Das sollte doch an sich schon Signale setzen, oder? Ich spielte am Ausschnitt herum. Den dritten Knopf von oben offen oder zu? Geschlossen war zu züchtig, offen hingegen eine eindeutige Einladung an Spanner. Na, egal. Ich wollte ja Beachtung. Dann meine schwarzen Stiefel, die kurz unterhalb meines Knies endeten. Die schwarze Nylonstrumpfhose machte optisch schlank, und, nachdem ich mir die Haare zu einem strengen Zopf auf den Hinterkopf gebunden hatte, sah ich, in meinen Augen, genau aus wie jemand, der gerne die strengen Regeln seines Partners befolgte.

Ein leichtes Kribbeln durchlief meinen Körper, als ich mir vorstellte, wie der reiche Unbekannte mir den Rock über die Hüften schieben würde. Diese Vorstellung trieb mir das Blut in die Wangen – was gar nicht so schlecht war, sparte ich mir doch das Rouge.

Leider lief ich Marc in die Arme, als ich aus dem Badezimmer kam.

Es war zum Verrücktwerden! Der lungerte wirklich ständig hier herum. Als Grafiker arbeitete er oft von zu Hause aus, was mir langsam etwas lästig wurde. Ich fühlte mich verfolgt.

„Holla, Anna!“ Er musterte mich von Kopf bis Fuß und pfiff durch die Zähne. „Was hast du denn vor?“

Ich spürte, dass ich noch röter wurde, streckte aber die Brust raus und straffte die Schultern. Marcs Blick ruhte prompt auf dem Tal zwischen meinen Brüsten. Mist! Ich hätte den Knopf doch besser schließen sollen. So fühlte ich mich fast wie Janet Jackson bei ihrem Nippelgate.

„Ich gehe aus", erwiderte ich so gelassen, wie ich konnte.

Seine linke Augenbraue schnellte in die Höhe.

„Mit wem?"

„Was geht dich das an, Marc?"

„Ich sollte wissen, mit wem du ausgehst – nur für den Fall, dass es ein mordender Vergewaltiger mit Geschlechtskrankheiten ist. Es erleichtert die Polizeiarbeit, wenn man deine geschundene Leiche im Wald findet – glaub mir."

„Idiot!" Ich schlug ihm auf die Schulter, und sein Grinsen begleitete mich bis zur Tür, die ich nun mit deutlich weniger Elan öffnete als gedacht. Das war doch Unsinn. Ich würde nie und nimmer als zerstückelte Leiche in irgendeinem Wald landen!

Ich fuhr mit dem Bus in die Stadt, schlenderte durch die gut gefüllte Fußgangerzone und hielt Ausschau. Es waren viele Männer unterwegs. Leider viele davon in Begleitung. Etliche andere waren entweder zu alt, wobei ich ja durchaus bereit war, da Abstriche zu machen. George Clooney war ja im Grunde auch älter als ich …

Andere waren deutlich zu jung. Sahen nicht aus, als hätten sie sich schon die Hörner abgestoßen. Was mich annehmen ließ, dass ihnen die nötige Finesse fehlte, die bestimmt vonnöten wäre, um eine Frau lustvoll an ein Bett zu binden …

Daher schlenderte ich weiter, immer darauf achtend, dass ich mir auf dem verfluchten Kopfsteinpflaster nicht den Knöchel brach. Meine Stiefel waren weit davon entfernt, hochhackig zu sein, aber ich war es einfach nicht gewohnt, Absätze zu tragen. Auch etwas, das ich unbedingt ändern musste, um in St. Tropez die Blicke auf mich zu ziehen. Denn so traurig das auch war: Hier, in der Münchner Innenstadt, beachtete mich niemand.

Ich setzte mich in ein Straßencafé, das dank des milden Frühlingswetters geöffnet hatte, und bestellte einen Drink – schließlich wollte ich weltoffen wirken und nicht wie ein Trampel vom Land, mit einer Cola und Strohhalm …

Eine Gruppe gut gekleideter Männer kam vorbei. Ich musterte sie unauffällig und fand, dass mindestens drei von fünf ganz passabel aussahen. Mein Herz schlug schneller, als ich versuchte, den Gesichtern der Kerle ihre Neigung abzulesen. Ich lehnte mich betont sexy nach vorne und spähte in meinen Ausschnitt – perfekt! Der lud geradezu ein, ihre hungrigen Blicke an meinen Brüsten festzusaugen. Ich versuchte, durch meine Körperhaltung zum Ausdruck zu bringen, dass ich jemand war, der einen Vibrator sein Eigen nannte – ja, Jungs, ganz genau! Ich war verdammt verrucht.

Trotzdem gingen die Kerle wenige Augenblicke später unbeeindruckt weiter.

Verdammt! Nicht nur, dass mich keiner von ihnen überhaupt bemerkt hatte – nein, zwei Teenagerinnen am Nebentisch schauten in meine Richtung und kicherten.

„… verzweifelt …", hörte ich sie flüstern und kniff wütend die Lippen zusammen.

Diese dummen Gören! Ich war kein bisschen verzweifelt. Ich war nur noch nicht in Übung.

Am Abend saß ich im Wohnzimmer und zappte mich durch die Programme. Sonntagabend und nur Schrott in der Kiste. Marc werkelte in der Küche herum.

„Und? Wie war dein Date?", fragte er durch die Tür.

„Ein Flop", gab ich zu und stemmte mich aus dem Sofa hoch. Ich schlurfte in meiner Jogginghose in die Küche und lehnte mich an den Türrahmen. Marc brutzelte ein Rührei. Es duftete köstlich, nach Zwiebeln und Kümmel.

„Willst du auch eines?", fragte er und deutete auf die Pfanne.

Ich nickte. Immerhin hatte ich mich heute ausreichend bewegt und bestimmt die eine oder andere Kalorie verbraucht.

„Ich wusste es, Annalein ist heiß auf meine Eier!", trällerte er, während er zwei Eier in eine Tasse schlug.

Ich verdrehte die Augen und sparte mir eine Erwiderung.

„Also, spuck's aus? Warum war dein Date so ein Reinfall?", fragte er, als er die gewürzte Eimasse in die Pfanne goss. Es brutzelte laut, und ich sah ihm dabei zu, wie er die stockende Masse in kleine Stücke rührte.

„Es gibt offensichtlich keine Männer für mich", klagte ich ihm mein Leid. „Ich … wie finde ich einen Kerl, der mich …" Ich sah Marc an. „… nicht auslacht?"

Marc wandte sich ab, aber ich hatte das Grinsen auf seinen Lippen trotzdem gesehen.

„Ich fürchte ja, dass erst mal jeder lacht, dem du sagst,

du träumst davon, auf einem Frauenarztstuhl gefesselt zu sein, während …"

„Idiot! Davon träume ich doch nicht!"

Er hob seine Spottbraue.

„Ach nein? Ich dachte, genau um so was geht es?"

Ich stöhnte. Es war unmöglich, mit Marc darüber zu reden.

„Nein – geht es nicht. Lassen wir das, okay?"

Ich nahm zwei Gabeln aus der Schublade, und wir setzten uns an den Küchentisch. Marc schob mir einen der Teller rüber und nahm sich ein Bier aus dem Kühlschrank.

„Auch eines?", fragte er, und ich nickte.

Er verhakte die Kronkorken ineinander und öffnete mit einem Ruck beide Flaschen gleichzeitig.

„Wo finde ich einen Mann?", fragte ich mit vollem Mund. „Einen, den ich zuerst abchecken kann, ehe ich ihm …"

Marc lachte.

„Ehe du ihm sagst, dass du eine kleine versaute Nymphomanin mit einer Vorliebe für riesige Schwänze und Fesselspiele bist, die gerne verhaut werden möchte?"

Er piekte seine Gabel voll Eierstücke und deutete dann damit auf mich. „Ich sag dir, Anna – die Kerle stünden Schlange, wenn sie das wüssten! Du hättest die freie Auswahl."

„Haha, sehr witzig."

„Warte, ich war noch nicht fertig. Ich meine es ernst. Die Kerle stünden Schlange, aber nur für einen ausgefallenen Fick. Solche Spiele finden wir Kerle ja in der Regel schon ganz geil, aber würden wir mit so einer Frau eine echte Beziehung führen wollen?“

Er schüttelte den Kopf und griff nach der Flasche. „Eher nicht. Pass also auf, an wen du gerätst. Es wäre … schade, wenn man dir wehtut.“

Marcs Worte stimmten mich nachdenklich. In meinem Roman funktionierte das doch auch. Es wunderte mich, wie besorgt Marc offensichtlich war. Vielleicht hatte er recht. Vielleicht sollte ich vorsichtig sein.

„Ich könnte doch mal sehen, ob ich einen passenden Kandidaten auf so einer Internetseite finde“, überlegte ich laut. „So eine Dating-Website, meine ich.“

Marc schüttelte den Kopf. „Du machst also Ernst, ja?“

„Warum nicht? Ich bin seit Jahren allein. Ich will auch mal was erleben. Ich hab die Nase voll davon, die langweilige, biedere Anna zu sein, die keinen abkriegt.“

„Okay, okay – dann leg dir ein Profil zu und … schau, was passiert.“

Ich stapelte unsere leeren Teller aufeinander und griff grinsend nach meinem Bier.

„Hilfst du mir? Das wird bestimmt lustig.“

Er prustete.

„Du willst, dass ich dir dabei helfe, einen Stecher für dich zu finden?“, fragte er ungläubig.

„Warum nicht – du bist doch selbst so ein fadenscheiniger Typ, der allen Frauen nur das Herz bricht. – Du erkennst deinesgleichen sicher auf den ersten Blick.“

Er kniff verärgert die Lippen zusammen und ging seinen Laptop holen.

Im Nu hatten wir mein Profil angelegt.

„Anna, achtundzwanzig, sportliche Figur“ (darüber

hatten wir erst eine Diskussion geführt, aber ich hatte mich durchgesetzt). Rundlich, was Marcs Vorschlag gewesen war, kam jedenfalls nicht infrage … und stimmte ja auch überhaupt nicht.

Nun scrollten wir uns kichernd durch Dutzende Profile und klickten Typen an, bei denen allein das Profilbild schon gruselig war. So fand ich zwar sicher nicht meinen dominanten Milliardär, aber es war lustig. In der Küche wuchs die Anzahl leerer Bierflaschen mit jeder vorgerückten Stunde, und wir lachten Tränen.

Erst als Marc eine Mandy Bling mit Intimpiercings gefunden hatte, die er unbedingt daten wollte, nahmen wir auch die Suche nach meinem Mister Right wieder ernst.

Und tatsächlich, eine halbe Stunde später hatte ich drei Kandidaten eine Kontaktanfrage gesendet.

Einem Chirurgen, einem Anwalt (mit dem würde ich wenigstens etwas zu reden haben), und einem Sportler, der einfach zum Niederknien aussah und unter Interessen „*die dunkle Seite der Macht*“ angegeben hatte.

Wenn das nicht vielversprechend klang …

Als ich den Laptop zuklappte und aufstehen wollte, taumelte ich trunken gegen Marc, und er fing mich auf, damit ich nicht stürzte. Sein Griff war fest und sicher, so, als hätten ihm die Biere nicht viel ausgemacht.

„Die dunkle Seite der Macht, also?“, raunte er und seine Hände wanderten auf meinen Rücken – auf meinen Po. „Na, wenn es das ist, was du willst …“ Er zwinkerte, holte aus und klatschte mir die Hand auf den Hintern.

Ich schnappte nach Luft, hielt mich an seinen Schultern fest und stöhnte, als der Nachhall seines leichten Schlags mein Nervensystem zum Vibrieren brachte.

Mein Becken prallte dabei gegen seines, und ich spürte seinen Penis durch den Stoff unserer Kleidung.

Heilige Scheiße, ich musste echt betrunken sein, denn was mir gerade durch den Kopf ging, würde ich im nüchternen Zustand vehement ablehnen.

Marc neigte sich zu mir herunter, und seine Lippen streiften beinahe meine.

„Also wirklich, Anna – und ich hab echt gedacht, du machst nur Spaß“, flüsterte er und löste meine Arme aus seinem Nacken.

Selbst als ich schon in meinem Bett lag und der Raum langsam aufhörte, sich um mich zu drehen, wollte mir Marc noch immer nicht aus dem Kopf gehen. Ich spürte seinen Handabdruck auf meinem Hintern, und, wie um dieses Kribbeln festzuhalten, legte ich meine Hand darüber.

Wenn das nicht der Beweis war! Ich stand darauf, hart angepackt zu werden!

Kapitel 5

Nach drei Tagen hatte ich positive Antworten auf jede meiner Kontaktanfragen. Das hob meine Laune ungemein. Ich war offensichtlich begehrenswert.

Im Büro hatte ich den ganzen Tag an nichts anderes gedacht, als an Aron, den Sportler, mit dem ich mich für heute verabredet hatte. Ich war im Geiste meinen Kleiderschrank durchgegangen und war zu dem Schluss gekommen, dass ein neuer Lebensabschnitt auch neue Wäsche bedeutet.

Darum stand ich nun in der Umkleide eines Dessousladens und betrachtete zweifelnd meine vollen Brüste in einem Balconette-BH. Sie würden sicher rausfallen, sobald ich die Arme heben oder mich nach vorne neigen würde. Im Grunde war das vielleicht gewollt …

Ich stellte mir vor, wie Aron mir die Hände über den Kopf hob. Ich würde es geschehen lassen. Er würde bemerken, wie meine Brüste sich aus ihrem Spitzen-BH befreiten, und seine heißen Lippen darum schließen …

Na schön, ich war überzeugt! Der würde es werden. Dazu noch das passende Höschen und halterlose Strümpfe. Ich zitterte beinahe, als die Verkäuferin alles in die glänzende Papiertasche legte. Mann, war das aufregend!

Das Lokal, in dem wir uns treffen wollten, entpuppte sich bei näherer Betrachtung als eine Imbissbude neben einem Comicladen. Nicht ganz das, was ich von meinem Christian-Verschnitt erwartet hatte, aber vielleicht wollte er ja auch nur keinen Druck aufbauen.

Als ich also an der Theke stand, an der es Ketchup und Mayo zum Selberzapfen gab, kam ich mir in meinem kurzen Rock und den zu meinen halterlosen Strümpfen passenden High Heels ziemlich overdressed vor. Ein Bauarbeiter grinste süffisant zu mir herüber und entblößte dabei eine Zahnlücke in der Reihe seiner Schneidezähne. Ich wandte mich sicherheitshalber von ihm ab, ehe er sich genötigt fühlen würde, mich anzusprechen.

Als die Tür aufging, stockte mir der Atem. Mein Sportler war da – und er trug eine vollkommen ausgewaschene Jeans und einen schlabberigen Kapuzenpulli. Er hatte eine Brille auf der Nase, die irgendwie schief hing … war da ein Bügel verbogen??

„Hi, ich bin Aron – und du schaust ja scharf aus! Echt der Hammer!"

Waaaas???

Ich wusste, ich sah aus wie ein Eichhörnchen, wenn's blitzt, aber ich konnte nicht verhindern, dass mir vor Überraschung der Mund aufging. Ich zwang mich, ihn zu schließen, während Aron lachend und wie wild mit dem Kopf nickend mein Outfit musterte. Zumindest hatte ich ins Schwarze getroffen.

„Du bist ja echt ne Schnitte – ich kann's gar nicht fassen, dass wir uns echt treffen!"

Er sprach mir aus der Seele – ich konnte es auch nicht

fassen, dass ich mich mit so einem traf. Wo war der hammermäßige Kerl hin, der mir aus seinem Profil so sexy entgegengelächelt hatte? Aron nickte immer noch, und ich hatte das Gefühl, einem Wackeldackel gegenüber zu sitzen.

Warum nickte er ständig? Hatte er keine Wirbel?

Plötzlich wurde mir übel, denn ich musste daran denken, was ich mir alles mit ihm vorgestellt hatte, als ich mit dem Bus hierhergefahren war.

„Du bist ja still!“, stellte er fest und deutete auf die Theke. „Woll’n wir ne Wurst essen, oder einen Abstecher in den Comicladen machen? Ich häng da gern rum – und man kann kostenlos Kaffee trinken. Cool, oder?“

Er fand mich still – ja gut, ich wusste auch nicht, was ich hätte sagen sollen. Ach doch – da fiel mir etwas ein. Immerhin war ich deswegen hergekommen.

„Du … du hast in deinem Profil stehen, du hättest Interesse an der dunklen Seite der Macht“, wagte ich mich vor. Ich hoffte inständig, dass dieser Typ und ich nicht die gleichen sexuellen Vorlieben teilten, denn dann müsste ich mich wohl erneut umorientieren.

„Jaaaa“, sagte er und erhöhte die Energie, die in sein Kopfnicken floss. „Richtig. Du siehst gar nicht so aus, als wärst du eine von uns … echt cool!“

Ich zupfte an meinem Rock, versuchte, ihn irgendwie länger zu machen, denn mir war plötzlich überhaupt nicht mehr wohl. Dem Kerl wollte ich mit meinem Outfit jedenfalls keinen Ständer in die Hose zaubern.

„Ja, ich … ich bin noch neu – und noch gar nicht wirklich überzeugt …“, wollte ich mich rausreden und fing an, kleine Schritte in Richtung der Tür zu machen.

„Ne, echt jetzt? Ich und die Jungs aus dem Comicladen, wir könnten dir einfach alles zeigen und erklären! Das wär der Hammer. Es ist ja auch für uns mal was anderes, wenn mal ne Frau dabei wär.“

Guter Gott, wo war ich hier nur gelandet? Klar war nur – der kam mir nicht an den Balconette, und verhauen würde ich mich von seinem Vogel auch nicht lassen! Da würd ich eher zurückschlagen, als lustvoll zu keuchen.

„Ja, neee, weißt du … mir fällt da gerade ein …“

„Hast du nen goldenen Bikini?“, fragte er, und seine Augen wurden ganz groß und glänzend.

Ich wollte nicht länger hinsehen, denn ich hatte Angst, dass mich das wie bei einer Sonnenfinsternis blind machen könnte.

„Einen was?“, fragte ich, obwohl ich es eigentlich gar nicht wirklich wissen wollte. Ich hatte ja die Tür schon fast erreicht.

„Wie Prinzessin Leia.“

***

Marc lachte Tränen. Ich hatte noch nie gesehen, dass sein Gesicht so rot werden konnte, und er schlug sich unaufhörlich auf den Oberschenkel. Meine Seite stach auch schon, so sehr kicherte ich über diesen mehr als nur missratenen Abend. Es war zum Totlachen!

„Du hast dem Kerl das Herz gebrochen, als du gegangen

bist, ohne seinen kleinen verschrumpelten Yoda kennengelernt zu haben", witzelte er und wischte sich die nassen Augen mit dem Handrücken trocken.

Ich quiekte vor Ekel, als Marcs Worte Bilder in meinem Kopf entstehen ließen, und presste mir das Sofakissen auf den Mund.

„Im Ernst, Anna, ich bin jetzt selbst ganz scharf darauf, dass du diese anderen beiden Kerle triffst. Wobei ich nicht glaube, dass das noch einer überbieten kann! Ich wäre zu gerne dabei gewesen", keuchte er lachend.

„Ich wär auch lieber mit dir da gewesen, das versichere ich dir", stimmte ich zu und hielt mir den Bauch.

Marc rückte näher, warf sich regelrecht auf das Polster neben mir.

„Ich mach dir nen Vorschlag, Annalein … wenn die anderen zwei auch solche Nieten sind, dann gebe ich die Piercing-Tussi auf, und dann versohl *ich* dir den Hintern."

„Na, darauf hab ich ja nur gewartet!"

Mit einem Knuff in die Seite schob ich ihn von mir und verzog mich in mein Zimmer, wo ich mir ernsthaft Gedanken darum machte, warum mir Marcs spaßig gemeinte Drohung solch einen wohligen Schauer verursachte? War es die Erinnerung an den Klaps von neulich?

Ich schielte leicht besorgt auf meine Brustwarzen, die sich gegen mein Shirt drückten wie reife Kirschen und denen offenbar vollkommen entgangen war, dass ich Marc eigentlich nicht ausstehen konnte. Ich kannte ihn zu gut, um ihn zu mögen. Und außerdem stieg er mit dieser Tussi von der Dating-Seite ins Bett. Das war echt abtörnend –

nicht, dass ich eifersüchtig wäre!

Resigniert griff ich mir meinen Roman und versuchte, mich in meine Traumwelt zu fliehen.

Wenn das so weiterging, dann würde ich dem lila Vibrator irgendwann doch noch eine Chance einräumen müssen.

Heute war ich nicht mehr so aufgeregt, als ich daran dachte, dass ich gleich mehr über den Kandidaten Nummer Zwei herausfinden würde. Ich war im Büro konzentriert, arbeitete routiniert, und nur das Prickeln zwischen meinen Beinen und das Spannen meiner Brüste war ein Beweis für meine hohen Erwartungen. Ich wollte endlich flachgelegt werden. Und zwar auf eine unvergleichliche Art und Weise!

Aber das würde noch etwas warten müssen, denn Harald und ich würden heute erst einmal nur miteinander telefonieren. Das schien mir sicherer, als mich wieder in so eine Lage zu bringen wie neulich.

Nun saß ich also da und wartete auf das Klingeln. In seiner Nachricht war er sehr deutlich gewesen, und ich war aufgeregt, wie sich ein Gespräch mit ihm entwickeln würde. Er hatte geschrieben, er wolle – auch wenn wir uns nicht sehen würden –, dass wir es handhaben sollten wie vor jedem Date. Wir sollten uns hübsch machen – und ein Glas Wein zusammen trinken.

Irgendwie machte mich das an. Na gut … ich war zu faul gewesen, mich schön anzuziehen, aber ich hatte mir das rote Kleid an den Schrank gehängt, damit ich es beschreiben konnte, sollte er fragen. Und den Wein hatte ich schon ausgetrunken.

Grinsend lobte ich mich für meine Genialität und rutschte bequem in meiner Jogginghose auf dem Bett herum. Wie saß man, wenn man ein solches Gespräch führte? Aufrecht? Sollte ich Stift und Zettel bereithalten, falls wir uns verabreden wollten? Oder sollte ich mich lasziv kopfüber aus dem Bett hängen lassen? Da das irgendwie anstrengend klang, schob ich mir einen Schokodrops in den Mund und machte es mir im Schneidersitz bequem.

Marcs Laptop stand seit Tagen auf meinem Nachttisch, da ich ständig meine Kontaktanfragen prüfen musste – auch wenn sich da nichts weiter getan hatte.

Ich ließ vier weitere Drops in meinen Mund fallen und scrollte zu Haralds Profilbild. Na gut, er war bei Weitem kein solcher Athlet wie Aron auf dessen verlogenem Profilbild. Er war in etwa so ein Normalo wie ich selbst, aber seine Augen sahen ganz freundlich aus. Das könnte schon klappen …

Das Telefon klingelte, und ich verschluckte mich fast an den Drops. Schnell würgte ich die hinunter und schob die Schüssel beiseite. Dann räusperte ich mich und nahm ab.

„Hallo?“, flötete ich mit möglichst tiefer Stimme – ich wollte sexy klingen.

„Anna? Ich bin es – Harald."

„Ja, hi, Harald, ich freue mich, dass …"

„Schweig! Habe ich dir erlaubt, etwas zu sagen?"

„Was?" Ich war verwirrt. War das nun Harald, oder nicht? Und was wollte er?

„Um das gleich vorab zu klären, Anna. Du tust, was ich dir sage – und stellst keine Fragen. Du gehorchst!"

Ich presste die Lippen aufeinander, um ein aufgeregtes Kichern zu unterdrücken. Mann, war das spannend! Ich hatte einen echten Perversen am Apparat. Mein Herz hämmerte wie wild vor Angst und Aufregung, und ich überlegte fieberhaft, was man wohl für gewöhnlich auf so eine Ansage entgegnete. Ja, Meister??? Oder lieber gar nichts? Während ich noch zögerte, brüllte er mich an:

„Hast du mich verstanden, du kleine Fotze?"

Ähmmm??? Ja, ich hatte ihn wohl verstanden, aber … aber ging's noch?

„Harald, warte mal", unterbrach ich ihn, ehe der Abend vorbei war, ohne eine echte Chance bekommen zu haben. „Du … du kommst ja gleich zur Sache – und das finde ich gut, aber … aber ich würde doch gerne bei unserem ersten Gespräch … mich … und meine Vagina nicht als Fotze bezeichnet haben. Könnten wir … ähmmm, könnten wir uns darauf vielleicht einigen?"

Schweigen am Ende der Leitung.

Ich zählte bis zehn, aber von Harald hörte ich noch immer nichts.

„Harald?", hakte ich scheu nach. Oh Gott, ich hatte ihn offensichtlich verschreckt.

„Ist alles okay, Harald? Hallo, bist du noch dran?"

Ein Räuspern.

„Ja – natürlich. Entschuldige. Ich war wohl etwas … motiviert. Du musst wissen, ich habe extra eine Viagra eingeworfen, um …"

Ach du Scheiße! Das war definitiv ZU VIEL INFORMATION!

„Harald!", würgte ich ihn ab. „Das … also, das ist …"

Ich wusste nicht, was ich sagen sollte. Ich schüttelte den Kopf und schloss entnervt die Augen. Meinem Leben einen neuen Sinn zu geben, entwickelte sich zur Katastrophe.

„Anna, können wir … noch mal anfangen und … etwas langsamer beginnen?", fragte Harald nun mit zitternder Stimme.

Er tat mir leid. Sicher war es nicht einfach, sich auf Menschen aus Dating-Portalen einzulassen. Offensichtlich hatte er doch großes Interesse an mir, denn sonst hätte er ja wohl kaum eine Potenzpille eingeworfen, nur um mit mir zu sprechen. Es wäre ja wohl ziemlich fies, ihn damit jetzt hängen zu lassen … wobei ein gewisser Teil von Harald ja nicht hing, sondern stand, wenn ich das richtig sah.

Ich lehnte mich gegen das Kopfteil des Bettes zurück und holte tief Luft. Der Abend war ja ohnehin gelaufen, also, warum nicht noch etwas mit Harald quatschen, der wegen mir einen Hammerständer in der Hose …? Ich runzelte die Stirn.

„Sag mal, Harald, hast du überhaupt etwas an?"

Ja, die Frage war kühn. Indiskret vielleicht, aber hey, wer mich als Fotze bezeichnete, brauchte nicht denken, dass ich ihn mit Samthandschuhen anpacken würde.

„Natürlich!“ Er schien empört über meine Frage, und ich musste lachen. „Wir haben ein Date – da macht man sich zurecht. Hast du etwa nichts an?“

Ich betrachtete den labberigen Gummibund meiner Jogginghose und grinste.

„Doch, sicher. Ich … habe ein rotes Kleid an. Es ist aber sehr kurz. Ich hoffe, das stört dich nicht.“

Ich presste das Handy auf die Matratze, denn ich musste lachen. Das war absurd! Und doch spürte ich den Anflug von Erregung. Ich kannte Harald nicht – und er mich nicht. Musste mich auch nie kennenlernen. Und doch verband uns offenbar etwas. Warum sollte ich nicht sehen, ob das, was ich mir bei der Lektüre der Romane immer ausmalte, nicht auch wirklich so passieren konnte. Ich wollte verrucht sein – und jetzt war ich es.

„Wenn ich ehrlich bin, dann mag ich es nicht, wenn Frauen billig aussehen!“ Harald hatte sich offensichtlich gefangen. Seine Stimme klang herrisch, aber leise. „Ist es billig, Anna? Sag mir … siehst du billig darin aus?“

Ich biss mir auf die Lippe und unterdrückte ein Kichern. Das war doch verrückt! Ich musste vollkommen verrückt sein!

Mit einem Blick zur Tür vergewisserte ich mich, dass diese auch wirklich geschlossen war. Dabei brauchte ich mir eigentlich keine Sorgen machen. Marc war bei der Piercing-Tussi und würde bestimmt erst morgen zurückkommen.

Mit möglichst viel Reue und gesenkter Stimme flüsterte ich ins Handy. „Ja – ich … ich sehe wirklich billig aus.“

Harald atmete schwer. „Dann zieh es aus!“

Meine Hände waren schon ganz feucht vor Aufregung. Und so abstrus diese Situation auch war, ich wollte sehen, wohin das führte. Ich war mutig und kühn. Und Harald war der erste Kerl, der zumindest andeutungsweise ähnliche Neigungen hatte. Mit einem Schulterzucken schlüpfte ich zumindest aus dem Shirt. Das würde für den Anfang schon ausreichen – und, was Harald nicht wusste, konnte ihn schon nicht aufregen.

„Wie du möchtest“, flötete ich möglichst devot, fand aber, dass es in meinem Zimmer fast etwas zu kühl war, um ohne Shirt herumzusitzen.

„Sag mir, was du jetzt noch anhast.“

Damit meinte er bestimmt nicht meine Jogginghose, oder?

„Nur einen Hauch von nichts“, flüsterte ich ins Telefon und fühlte mich dabei absolut versaut. Ich war eine Telefonsex-Göttin!

„Fass dich an! Knete deine Brüste und sag mir, wie sie sich anfühlen!“

Harald sprach schnell und befehlsgewohnt. Ich fragte mich, was für einen Beruf er ausübte – stand das in seinem Profil? Ich schielte zum Laptop. War Harald nicht der Anwalt gewesen? Ich glaubte, mich zu erinnern, dass der Chirurg Christoph geheißen hatte, weil ich dachte, dass das ja fast wie Christian klingen würde.

Also musste Harald der Anwalt sein. Ich hatte ja viel mit Anwälten zu tun, aber jemand mit so einer befehlsgewohnten Stimme war mir dabei zum Glück noch nicht begegnet.

„Knete deine Möpse, zwick in die Nippel und reib sie

zwischen deinen Fingern!“

Ach je, das hatte ich ja vor lauter Grübeln ganz vergessen. Ich zögerte, legte dann aber wirklich die Hand auf meine Brust. Fühlte sich an wie immer, diese Info wäre aber wohl für Harald nicht sehr hilfreich gewesen. Ich schloss die Augen und versuchte, mir vorzustellen, was wohl die Gedanken eines Mannes waren, wenn er eine Brust berührte.

„Meine Brüste sind rund“, sagte ich und hätte mir am liebsten die Zunge abgebissen. Rund? Ja klar – schon mal dreieckige Brüste gesehen?

„Weiter!“, verlangte Harald. „Wie sind deine Nippel?“

„Ähh …“

Ich schielte unter die Spitzenborde meines BHs. *Sag nicht wieder rund*, ermahnte ich mich selbst und suchte nach einem Wort, das … sündiger war.

„Hart??“, bot ich ihm unsicher an, obwohl das überhaupt nicht stimmte. Es war wirklich merkwürdig, aber obwohl ich gerade das schmutzigste Telefongespräch meines Lebens führte, war ich absolut nicht erregt. Ich war … aufgeregt, aber erregt? Nein. Vielleicht sollte ich tun, was er verlangte, denn er schien sich damit besser auszukennen als ich.

„Reib deine Nippel!“, verlangte er und keuchte.

„Mach ich … und was machst du?“

Vielleicht wäre ich erregter, wenn ich das wüsste. So ganz ohne Penis in der Nähe schien es mit meiner Erregung nicht weit her zu sein. Vorsichtig strich ich über meine Brustwarze. Hm …?!

„Du willst wissen, was ich mache? Das willst du wissen?

Ich polier mir den Schwanz – und greif mir eine Gerte. Willst du wissen, was ich damit vorhabe?"

Oh mein Gott – jetzt ging es los! Endlich kribbelte es. Ich setzte mich auf und merkte gar nicht, dass ich mir wie nebenbei die Brustwarze knetete.

„Ja – ich will es wissen!"

„Du musst bestraft werden. Das billige Kleid – du musst ihm abschwören. Und deine Strafe annehmen."

Wenn Harald wüsste, wie ungezogen ich in Wahrheit war, was würde er dann tun? Ich zupfte an meiner Jogginghose herum. War es zu spät, die jetzt noch auszuziehen? Sicher nicht. Ich musste mich schon auf dieses Abenteuer einlassen, wenn ich mir wirklich beweisen wollte, dass ich kein prüdes Landei war. Schnell schlüpfte ich aus der Hose.

„Welche Strafe?", fragte ich.

„Schlag dich auf den Hintern", verlangte er, und seine Stimme wurde noch tiefer.

Ich zögerte. Ich sollte mich schlagen? Mich selbst? War das nicht … merkwürdig?

„Ich höre nichts!", maulte er. „Schlag dich – ich will dein Wimmern hören!"

Du meine Güte! Ich konnte mich kaum selbst so fest schlagen, dass ich wimmern würde.

Harald musste mein Zögern spüren, denn er schnaubte. „Los, Anna – folge meinem Befehl –, und am Ende werde ich deine Wunden liebkosen."

Na, das klang doch schon mal gar nicht mehr so übel. Ich war einfach unerfahren – aber das würde sich schon ändern. Es gab keinen Grund, das merkwürdig zu finden.

Keinen Grund, mich zu schämen. Niemand würde das erfahren.

Ich hob die Hand und klatsche mir die Arschbacke.

Autsch!

„Gut!“

Offensichtlich fand mein leises Keuchen seine Zustimmung.

„Und jetzt: fester!“

Ich schloss die Augen und tat es.

Haralds schneller Atem in meinem Ohr verursachte mir eine Gänsehaut, und mit jedem weiteren Schlag, den ich mir versetzte, kam ich mir blöder vor.

„Nimm ein Schlaginstrument – ich will, dass du morgen auch noch an mich denkst!“

Ich öffnete die Augen. Ein Schlaginstrument? Was genau meinte er?

„Nimm einen Kochlöffel und züchtige dich!“

Ahh – ein Kochlöffel. Das war vielleicht nicht zu vergleichen mit den schwarzen Lederpaddels aus meinen Romanen –, aber da Harald trotz seiner keuchenden Bemühungen meinem Romanhelden ohnehin nicht das Wasser reichen konnte, würde es wohl für heute auch ein Löffel tun. Man fängt ja klein an.

Ich trippelte also in die Küche und kramte in der Besteckschublade. Der Kochlöffel musste in der Spülmaschine sein! Arghhh – so ein Mist!

Dann fiel mir der Pfannenwender ins Auge – der würde bestimmt auch funktionieren.

„Hab nen Pfannenwender gefunden. Was …? Was soll ich jetzt …?“

„Beug dich über einen Stuhl – und züchtige dich! Schnell, ich …“

Okay, ich verstand. Bei Harald schien die Rakete gleich abzuheben – und ich selbst war noch nicht mal richtig erregt. Vielleicht würde der Pfannenwender die „Wendung“ bringen.

„Anna!“, japste Harald. „Los! Ich will dich schreien hören!“

Ich beeilte mich und schnappte mir den Stuhl und stellte das Gespräch auf Lautsprecher. Unsicher stand ich davor. Was meinte er? Sollte ich mich über die Lehne beugen? Oder über die Sitzfläche legen? Sein rhythmisches Stöhnen ermunterte mich nicht, ihn das zu fragen – aber hey, ich war eine emanzipierte Frau, die ihre geheimsten Sexwünsche auslebte. Ich konnte auch selbst eine Entscheidung treffen. Ich beugte mich über die Lehne und ließ den Pfannenwender auf meinen Hintern sausen.

„Autsch!“

„Ja! Weiter!“

Weiter? Mein armer Po brannte, und ein roter Abdruck zierte meine Arschbacke. Ich wäre beinahe vom Stuhl gefallen.

„Weiter!“, brüllte er, und ganz automatisch tat ich, was er wollte.

„Uff!“, keuchte ich und rieb mir die brennende Stelle.

Das war’s! Das reichte! Ich hatte genug. Das tat echt weh, und Haralds animalisches Gurgeln aus dem Handylautsprecher ließ mich annehmen, dass es auch ihm jetzt hoffentlich reichte.

„Anna?“

Ich fuhr herum, und der Stuhl krachte polternd zu Boden.

Marc stand in der Wohnungstür, den Hausschlüssel noch in der Hand und starrte mich mit offenem Mund an.

„Was zur Hölle …?"

Kapitel 6

Das Blut gefror mir in den Adern. Das konnte nicht wahr sein. Das konnte nicht wirklich passieren. Ich träumte – das war die einzig logische Erklärung.

Noch immer stand Marc in der Tür und schüttelte fassungslos den Kopf. Harald lechzte laut aus dem Handylautsprecher, und mein Hintern wies ein rotes Brandmal in der Form des Pfannenwenders auf.

Es war eindeutig! Mein Leben war gelaufen!

Ich riss das Handy an mich und stellte den Lautsprecher ab, zum Glück genau in dem Moment, als Harald „dem bösen Mädchen seinen Ungehorsam verzieh“ – so seine Worte.

„Ja … ähh … prima, Harald … dann … dann hören wir voneinander“, presste ich durch meine blutleeren Lippen und beendete dieses … *Erlebnis.* Zornig, weil wieder einmal alles schieflaufen musste, feuerte ich das Handy auf den Tisch und drehte mich zu Marc um.

„Kannst du vielleicht mal die Tür zumachen? Wie lange stehst du überhaupt schon hier, du Spanner?“

Ich verschränkte die Arme vor der Brust und starrte ihn wütend an.

Im Zeitlupentempo trat er ein und schloss betont leise die Tür hinter sich. Er sah mich an, als wären mir glühende Hörner gewachsen und aus meinen Nasenlöchern würde schwefeliger Höllenqualm steigen.

„Lange genug", gab er zu und kam näher.

Ich wurde mir meiner spärlichen Aufmachung bewusst. In Slip, BH und Tennissocken stand ich vor ihm und wollte am liebsten vor Scham tot umfallen.

„Dann …?" Herrgott, was sollte ich denn sagen? Wie konnte ich das erklären?

„Jep – ich habe so ziemlich alles gesehen, was ich NIE hatte sehen wollen", beantwortete er meine unausgesprochene Frage.

Interessiert kam er zu mir und nahm mir den Pfannenwender aus der Hand. Er klatschte sich damit in die Hand und hob überrascht die Augenbrauen. „Echt heftig."

Er sah mich an, und meine Wangen glühten.

„Und? Hat's Spaß gemacht?"

Ich ließ ihn stehen und ging ins Badezimmer, um mir meinen Bademantel überzuwerfen. Wenn ich aber gedacht hatte, damit würde ich Marc los, hatte ich mich getäuscht. Er kam mir nach.

„Sag schon, Annalein. Wie war's?"

„Keine Ahnung, Marc – lass mich doch einfach in Ruhe! Das geht dich überhaupt nichts an."

„So klingt aber meiner Meinung nach keine Frau, die gerade absolute sexuelle Erfüllung gefunden hat."

„Hab ich auch nicht! Falls du es vergessen hast: Du hast uns gestört! Und außerdem bezweifle ich ernsthaft, dass du weißt, wie eine Frau klingt, die Erfüllung gefunden hat!"

Marc lachte.

„Du täuschst dich. Die Piercing-Tussi hat geschnurrt

wie ein Kätzchen, als ich gegangen bin."

„Kennst du überhaupt ihren Namen?", fragte ich zornig, denn mich ärgerte es, dass er jetzt von dieser Kuh anfing.

„Schon, sie heißt Mandy – aber der wird dir doch egal sein, oder?"

„Mir ist generell egal, was du machst, Marc. Ich wünschte nur, du würdest aufhören, dich in mein Leben einzumischen."

Er verstellte mir die Tür in mein Zimmer.

„Du erhoffst dir zu viel, Anna, wenn du denkst, ich würde mich für dein Leben interessieren. Aber ich muss gestehen, dein spitzer Schrei und das Klatschen des Pfannenwenders … hat mir gefallen. Vielleicht probiere ich das mal bei Mandy."

Er teilte mit dem Stiel des Pfannenwenders meinen Bademantel und hob ihn an, bis der leuchtend rote Abdruck auf meinem Hinterteil zu sehen war. Ich hielt den Atem an und zuckte zusammen, als der Stiel die empfindliche Haut berührte.

Marcs Blick brannte sich in meine Augen, als er mit der Handfläche langsam darüber strich. Ich sog scharf den Atem ein, ein Zittern durchlief meinen Körper, und mein Puls hämmerte unter meiner Haut. Er zog mich näher an sich, und sein Daumen streichelte zart über die leichte Schwellung.

„Anna, du …" Seine Stimme klang rau, und ich trat schnell einen Schritt zurück.

„Ja – mach das. Wer weiß, vielleicht steht Mandy ja drauf – oder du …"

Ich schob mich an ihm vorbei und spürte seine Hände,

die versuchten, sich um meine Taille zu legen. Sicher wollte er mich nur wieder aufziehen. Irgendeinen Spruch machen, oder so.

„Anna …“

„Nein, Marc – heute keine Sprüche, okay? Ich hatte einen … schlimmen Abend.“

Ich entwand mich ihm und schloss mich in meinem Zimmer ein. Dort ließ ich meinen Tränen freien Lauf. Ich war so eine dumme Kuh! Warum dachte ich denn, dass ich weltgewandt genug wäre, auf SM-Sexspielchen zu stehen? Warum war ich so naiv, anzunehmen, dass die Geschichte in meinem Roman mehr sein könnte als reine Fantasie? Ich war nicht gemacht für so was.

Wütend riss ich mir den Bademantel vom Körper und betrachtete meine pochende Hinterbacke. Ich hatte offensichtlich eine sehr geringe Schmerztoleranz.

Andererseits hatte mir Marcs Berührung mehr als nur gut gefallen. Zu meiner eigenen Schande musste ich mir eingestehen, dass ich mir für einen kurzen Moment gewünscht hatte, ein Mann, mit dem ich hätte zusammen sein können, hätte mich auf diese Weise angefasst.

Aber so einen Mann gab es vermutlich nicht. Zumindest war es nicht Harald – das stand fest. Mit dem war ich durch. Zwar war es nicht seine Schuld, wie der Abend sich entwickelt hatte, aber so ganz traf er meine Vorstellung von einem aufregenden und interessanten Mann nicht.

Ich legte den Kopf schief und dachte nach.

Männer, die mich Fotze nannten, waren vermutlich generell nicht mein Ding.

Am nächsten Morgen war Marc schlecht gelaunt. Er stand vom Frühstückstisch auf und griff sich seine Jacke, kaum dass ich in die Küche kam.

„Arbeitest du heute gar nicht von zu Hause aus?“, rief ich ihm nach, als er schon zur Tür eilte. Er blieb stehen und sah mich an.

„Nein! Und ich hoffe, du hast dann, wenn ich nach Hause komme, zur Abwechslung mal was an. Sonst müsste ich denken, du willst was von mir.“

Damit donnerte er die Tür hinter sich zu und ließ mich vollkommen perplex zurück.

Ich goss mir eine Tasse Milch ein und setzte mich.

„Au!“

Scheiße, mein Hintern tat vielleicht weh. Dabei hatte ich doch gar nicht so arg zugehauen. Ich schüttelte den Kopf über mich selbst. Was war nur mit mir los? Durchlebte ich so eine Art Midlife-Crisis? Entsprang mein Wunsch nach ausgefallenem Sex vielleicht nur meinem generellen Wunsch nach einer Beziehung? Nach Nähe? War ich vielleicht verzweifelt?

Das glaubte ich eigentlich nicht, denn die Nähe zu Marc reichte mir wirklich! Wenn ich noch einen Freund hätte, wäre das vermutlich ein echter Testosteron-Überschuss. Barthaare im Abfluss, Kondome im Mülleimer und stinkende Socken zwischen den Sofakissen hatte ich auch so. Mehr Mann konnte ich kaum ertragen. Und diese Konstellation hatte auch ihre Vorteile. Ich brauchte keinen

Freund, um Wasserkästen zu schleppen, musste mir nicht ständig die Beine rasieren und konnte in Jogginghosen meine Bücher lesen. Ich hatte also keinen Grund, verzweifelt zu sein. Zudem hatte ich ja noch meinen Riesenvibrator – falls ich jemals Lust auf lebensgefährliche Orgasmen bekommen sollte.

Ich streckte mich nach meinem Handy, das noch immer auf dem Tisch lag, und öffnete Haralds Profil. Ohne zu zögern, löschte ich ihn aus meiner Dating-Liste.

Damit blieb nur noch Christoph. Der Chirurg. Leider hatte der sich noch nicht persönlich gemeldet. Er hatte nur eine Telefonnummer angegeben, unter der ich ihn erreichen konnte.

Ich sah auf die Uhr. Mist. Ich war spät dran. Dann musste mein heimlicher Favorit eben bis später warten. Vielleicht war es auch gar keine dumme Idee, ihn erst dann zu treffen, wenn der Abdruck auf meinem Hintern verheilt wäre. Ich wollte ja keinen falschen Eindruck erwecken.

Im Büro versuchte ich dann vergeblich, eine bequeme Sitzposition zu finden und dabei nicht zu wirken, als hätte ich Hämorrhoiden. Das war eine echte Herausforderung, denn meine Kolleginnen schienen sich schon zu wundern, wie oft ich heute freiwillig den Weg zum Kopierraum auf mich nahm. In der Mittagspause gönnte ich mir ein großes Stück des Kuchens, den ein Kollege anlässlich seines Geburtstags mitgebracht hatte, und versuchte, über die Rückwärtssuche von Telefonnummern etwas über den Chirurgen herauszufinden. Noch so eine Nummer wie mit Aron wollte ich lieber nicht mitmachen.

Ich fühlte mich wie ein Privatdetektiv, als ich anhand der

Nummer eine Adresse und anhand der Andresse über die Suchmaschine etwas über seine Praxis erfuhr. Christoph war offensichtlich ambulanter Sportmediziner in einer sehr exklusiven Gemeinschaftspraxis. Leider gab es kein Foto, das ich mit dem aus dem Dating-Profil hätte vergleichen können.

Die Praxis war nur eine Straßenbahnhaltestelle von der Kanzlei entfernt, in der ich arbeitete, und so beschloss ich, in den nächsten Tagen nach der Arbeit dort mal vorbeizufahren. Vielleicht konnte ich meinen Traummann erst etwas ausspionieren, um zu sehen, wie er zu mir passen würde.

Das war eine tolle Idee!

Ich war so zufrieden mit mir, dass ich mir glatt auf den Nachhauseweg noch ein Set rote, beinahe durchsichtige Spitzenunterwäsche kaufte. Immerhin machte ich jetzt ernst. Wenn ich mir diesen Chirurgen schnappte, dann … dann war das Anna und Christian aus den Romanen näher, als ich je gehofft hatte.

Ich sah ziemlich gut aus, wie ich fand. Mein knielanges Kleid verbarg meine Oberschenkelproblemzone ganz geschickt und betonte dabei meinen Busen. Das Gute an etwas zu viel auf den Hüften war, dass der Vorbau zumindest ganz ordentlich aussah.

Dadurch in meinem Selbstbewusstsein gestärkt setzte ich mich auf die Parkbank am Rande der Grünfläche, die gegenüber der Praxis meines Auserkorenen stand, und beobachtete den Eingang. Ob Christoph wohl herauskommen würde? Eine ganze Stunde wartete ich – ohne Erfolg. Niemand kam oder ging. Vielleicht hatte die Praxis geschlossen? Wie dumm, das hätte ich ja schlauerweise zuerst an der großen weißen Tafel mit den Öffnungszeiten nachsehen können. Verärgert über meine fehlende Weitsicht kniff ich die Lippen zusammen und stöckelte über die Straße.

„Freitag 14–18 Uhr" stand auf dem Schild.

Es musste also geöffnet sein. Vorsichtig zog ich an der silbernen Griffstange, und schon schnappte die Tür auf.

Ich sah mich um. Kein Mensch zu sehen. Zögernd trat ich ins Treppenhaus, das merklich kühler war als die milde Frühlingsluft draußen. Meine Schritte klangen peinlich laut, weil die Absätze auf dem glatten Marmor hämmerten.

Eine Tafel zeigte, dass Christophs Praxisbereich im ersten Stock zu finden war. Ich schielte auf meine Absätze und entschied mich für den Fahrstuhl. Der war schon da, und die Türen öffneten sich geräuschlos. Als sie schon fast wieder geschlossen waren, schob sich eine Hand in die Lichtschranke, und der Lift öffnete sich wieder.

Ein Mann trat zu mir in den Aufzug. WOW!

Gekleidet in einen dunklen Anzug, der so gut saß, dass ich mir sicher war, er musste maßgeschneidert sein. Das dunkle Haar war mit Gel nach hinten gekämmt und im Nacken kurz geschnitten. Seine schwarzen Schuhe spiegelten die Lichter des Fahrstuhls wieder, und er trug

Ringe an Daumen und Ringfinger.

Mir gefiel es normalerweise nicht, wenn Männer Schmuck trugen, weil sie damit lächerlich wirkten, aber dieser Kerl sah einfach nur umwerfend aus. Er war bestimmt fünfzehn Jahre älter als ich, aber das war mir schnurzegal. Ich war schon erregt, nur, weil wir die gleiche Luft atmeten.

„Guten Tag", grüßte er mit einer Stimme, die mich irgendwie an James Bond-Filme erinnerte (Ich fragte mich, ob er nach Martini, geschüttelt, nicht gerührt, schmecken würde).

Einem akustischen Orgasmus nahe, brachte ich kaum einen Gruß heraus.

„Hi", murmelte ich und zwang mich, ihn nicht mit offenem Mund anzustarren.

Lautlos schloss sich die Fahrstuhltür, und wir waren allein. Er stand in höflichem Abstand zu mir, und ich wünschte, eines der Stahlseile des Aufzugs würde reißen, damit ich gegen seine starke Brust stürzen könnte. Ich fühlte seine Hände schon auf mir. Er würde mich halten, mich retten, und dann würde er mir das Kleid hochschieben und sich vor mir auf den Boden knien. Mein Slip würde ihm kein Hindernis sein und seine Zunge würde ihr Ziel finden.

„Haben Sie einen Termin?", riss er mich aus meinen Gedanken und lächelte höflich. „Weil eigentlich habe ich für heute Nachmittag keine Termine eingetragen. Sind Sie also … ein Notfall?", fragte er mit einem äußerst charmanten Lächeln, das junge Kerle einfach nicht draufhatten.

„Einen Termin? Ja … ähm … nein. Aber ich … ich wollte einen Termin vereinbaren – wenn das möglich ist."

Heilige Scheiße, diese Sahneschnitte war wirklich mein Christoph-Chirurgen-Date!

Er sah mich interessiert an.

„Waren Sie vielleicht diese Woche schon einmal hier? Sie kommen mir so bekannt vor."

Mist! Ich wollte doch nicht, dass meine Spionage auffiel! Bestimmt erkannte er mein Profilfoto von der Dating-Website.

Ich schluckte und nickte nachdenklich (das hatte ich von Wackeldackel-Aron gelernt), und wenn es auch nicht sehr elegant war, man konnte damit toll Zeit schinden.

Aber meinen zukünftigen Ehemann schon mit dem ersten Satz anzulügen, wäre sicherlich auch nicht gerade die beste Basis für unsere Zukunft.

Die Fahrstuhltür öffnete sich, und ich war überrascht. Diese Fahrt hatte gefühlt einen Monat gedauert – dabei konnten es nur wenige Sekunden gewesen sein. Aber ich glaubte, Christoph nach diesem kurzen Moment schon in- und auswendig zu kennen. Es würde sich wundervoll anfühlen, von ihm die Hände über den Kopf gebunden zu bekommen …

Verflixt, ich musste mich zusammenreißen! Er wartete ja schließlich noch immer auf eine Antwort.

„Ich bin Anna. Ich habe Sie auf der Dating-Seite angeschrieben", gab ich zu und lächelte etwas unsicher.

Er strich sich über die Krawatte und neigte höflich den Kopf.

„Ach – richtig. Bitte entschuldigen Sie. Ich sehe täglich

so viele Patienten … da habe ich Sie falsch eingeordnet."

Er reichte mir die Hand, und seine Ringe drückten sich fest und männlich in meine Haut. Oh ja – ich war im Himmel! Dieser Mann war mein Sex-Gott! Er war meine Wiedergutmachung für Star-Wars-Aron, Fotzen-Harald und den Riesendildo! Es gab doch noch so etwas wie Gerechtigkeit in diesem Universum. Und obwohl ich gerade jetzt wirklich nicht an Aron denken wollte, hallte die Titelmelodie seines Weltraum-Epos durch meine einschlägigen Gedanken. Ich sah Christoph den Darkroom beinahe an. Männer, die so gefasst und kontrolliert wirkten, die mussten ja irgendwo ihre andere Seite ausleben. Und ich wollte nur eines – diese Seite an ihm kennenlernen.

„Kein Problem – ich wollte Sie ja auch nicht überfallen. Ich muss gestehen, die Neugier hat mich hierhergeführt."

Ich bin ein böses Mädchen!, fügte ich im Geiste an und hoffte, er würde mich dafür später bestrafen.

„Was für eine gute Idee von ihrer Neugier. Es ist sehr schön, Sie kennenzulernen, Anna. Bitte, kommen Sie doch rein."

Er schloss die Praxis auf und schaltete die Lichter an.

„Eigentlich habe ich heute wegen Quartalsabrechnungen geschlossen. Darum meine Frage nach dem Notfall", erklärte er die leeren Räume – hielt mir aber weiterhin die Tür auf.

„Ach so … ich wollte ja auch überhaupt nicht stören … ich sollte vielleicht besser wieder gehen", bot ich an, obwohl es mir absolut widerstreben würde, ihn jetzt zu verlassen.

„Aber nein – kommen Sie doch rein. Ich kann uns einen

Kaffee brühen und …“

„Na gut.“ Schnell, ehe er es sich anders überlegen konnte, schlüpfte ich an ihm vorbei in die Praxis. Weicher Teppich dämpfte hier das Klackern meiner Absätze, und an den Wänden hingen riesige Kunstdrucke, die hervorragend zu der ansonsten vorherrschenden Kühle passten. Ich erwartete beinahe, dass sich eine Tür öffnen und mir eine Vorzimmerdame mitteilen würde, dass mich Mister Grey nun erwarten würde.

Ich seufzte und fächelte mir Luft zu. Das war wirklich der beste Ort, um flachgelegt zu werden. Selbst wenn er es hier auf dem hellen Hochfloorteppich mit mir treiben wollen würde, wäre das immer noch besser als jeder andere Ort, an dem ich bisher mit einem Mann zusammen gewesen war.

„Tolle Praxis!“

Ich lächelte ihn an, und er schien sich uber mein Lob zu freuen.

„Danke – Inneneinrichtung ist eines meiner Hobbys.“

Natürlich! Inneneinrichtung – was für ein Hobby! Ich glaubte, Marc sammelte Bierdeckel.

„Das sieht man. Wirklich sehr elegant.“

„Nun, jeder braucht eine Leidenschaft, nicht wahr?“

Ich errötete. Waren wir schon bei der Leidenschaft angekommen? Na dann … ich hatte nichts dagegen.

„Sie haben recht, Christoph, seine Leidenschaft sollte man unbedingt ausleben.“

Ich klimperte mit den Wimpern und folgte ihm in sein Büro. Die Möbel waren weiß mit Hochglanzfronten. Eine ganze Bibliothek an Fachbüchern befand sich in den deckenhohen Regalen hinter seinem beeindruckenden Schreibtisch. Alles war minimalistisch. Keine Farben, keine Pflanzen oder Vorhänge. Kein Nippes. Einfache Lamellen lenkten den Lichteinfall und brachen den Blick auf den Park. Eine dunkle Untersuchungsliege befand sich gegenüber seinem Schreibtisch an der Wand. Schwarzes Leder und poliertes Alu – sehr klinisch (und erregend).

Er bediente den Kaffeevollautomaten, der auf einem halbhohen Sideboard neben seinem mächtigen Schreibtischstuhl stand. Die Bohnen wurden krachend gemahlen, und der Duft frisch gebrühten Kaffees nahm den Raum ein. Köstlich!

Ich schlenderte zur Liege und setzte mich leicht auf die Kante – meine Füße brachten mich in diesen Schicki-Micki-Schuhen beinahe um. Mein Kleid rutschte dabei bis weit über mein Knie nach oben, und ich tat so, als bemerkte ich das nicht.

Christoph wandte sich zu mir um und hob die Augenbraue. Ich verkniff mir ein Grinsen.

Ja, genau – du siehst richtig! Heiße Tussi auf der Behandlungsliege – Zeit, mit der Untersuchung zu beginnen, Herr Doktor.

Ich fuhr mir verführerisch mit dem Finger über den Ausschnitt, strich über die sanften Hügel meiner Brüste und endete im Tal dazwischen. Dabei sah ich ihm unablässig in die Augen.

Es wirkte! Er stellte die winzigen Espressotassen wieder ab und kam zu mir, streckte die Hände nach mir aus.

„Bitte … kommen Sie da runter. Das ist nur für Untersuchungen."

Er half mir von der Liege und wirkte dabei sehr beherrscht. Ich war offensichtlich nicht deutlich genug gewesen.

„Und …“, säuselte ich, „… und wenn ich gegen eine Untersuchung nichts einzuwenden hätte?“

Herrgott, wie blickte man denn nur lasziv? Ich sah ihn von unten herauf an und hoffte, dass er verstand, was ich sagen wollte.

Er sah mich überrascht an. Musterte mich von Kopf bis Fuß.

„Haben Sie denn Beschwerden?“

Was? Ich war verwirrt. Merkte er denn nicht, dass ich ihn anmachen wollte? Ging ich dabei irgendwie ungeschickt vor? Ich glaubte es eigentlich nicht – jeder andere Kerl läge doch bestimmt längst schnaufend auf mir!

Vielleicht entsprach ich nicht seiner Vorstellung? Vielleicht wollte ein Mann, der ganz offensichtlich ein Ästhet war, lieber keine 08/15-Frau?

So, wie er aussah, konnte er unter den schönsten Frauen der Welt wählen – also warum war er noch zu haben? Und warum suchte er über so eine bescheuerte Dating-Seite eine Partnerin?

Ich erstarrte. Vermutlich hatte er eine Macke so groß wie der Münchner Flughafen! Das musste es sein. Er trug keine verbogene Brille und drückte sich nicht so vulgär aus – aber irgendetwas hatte er wahrscheinlich mit Aron und Harald gemeinsam. Nur verstand er es offenbar, seine Macke besser zu verstecken. Die Frage war nun … war er es wert, herauszufinden, ob ich mit seiner Macke würde leben können?

Er reichte mir die Tasse mit dem Espresso.

Ich nippte. Wirklich köstlich! Wie in Italien.

„Nun, Anna“, begann er, „Sie haben die Mühe auf sich genommen hierherzukommen, und damit meinem Tag plötzlich einen Sinn gegeben. Erlauben Sie daher, dass ich Sie für heute Abend zum Essen einlade?“

Mein Herz schlug schneller. JACKPOT!

„Sicher, Christoph. Das wäre toll. Ich muss gestehen, ich hatte gehofft, dass wir uns verabreden würden.“

„Dann deckt sich Ihre Hoffnung mit der meinen, Anna. Ich freue mich sehr. Was halten Sie davon, wenn ich Sie in mein französisches Lieblingsrestaurant entführe?“

Oh mein Gott! Ich sah es direkt vor mir.

Er würde mich in seiner schwarzen Limo abholen, zum Flugplatz fahren und mit mir in seinem Privatjet nach Paris fliegen. Wir würden essen, dann durch die nächtlichen Straßen der Stadt schlendern und uns unter dem Eiffelturm küssen. Dann würde er mich in die Präsidentensuite des Nobelhotels bringen und mich dort auf dem riesigen Bett vernaschen. Wir würden Blümchensex haben, und danach würde er mir sagen, dass es da etwas gab … etwas, weswegen wir nicht zusammen sein konnten – seine Vorliebe für ausgefallene Sexspiele!

Ich seufzte. Was für ein Mann!

„Wenn Sie es französisch nicht so gerne mögen …“

Ich kicherte und schüttelte den Kopf.

„Nein, nein! Französisch ist perfekt!“ Ich zwinkerte ihm zu, um ihm zu zeigen, dass ich seine Anspielung verstanden hatte. Herrje, wir passten wirklich super zusammen!

Wir plauderten noch ein wenig, und ich bewunderte

dabei jede Bewegung seiner Hände. Seine Finger waren lang und schlank – die Ringe daran hatten etwas Verruchtes an sich, und ich malte mir aus, wie es wäre, dieses Metall bei seinen Berührungen auf meinem Körper zu spüren.

Als ich meinen Espresso geleert und von meiner Arbeit in der Kanzlei berichtet hatte, sah Christoph auf seine Uhr.

„Liebste Anna, ich bedaure meine nächsten Worte außerordentlich, aber ich fürchte, ich muss nun meine Aufmerksamkeit noch ein wenig meiner Arbeit widmen. Sie können sich nicht vorstellen, was meine Sprechstundenhilfe mit mir tut, wenn ich meine Behandlungen bis Montagmorgen nicht in die Akten diktiert habe. Sie mögen denken, ich wäre hier der Chef, aber die traurige Wahrheit ist, dass ich mich regelrecht vor dieser Furie fürchte."

Wir lachten über seinen Scherz, denn sicher gab es keine Frau auf diesem Planeten, vor der dieser Mann sich fürchten musste. Ein Blick aus seinen grünen Augen, und jede Frau würde dahinschmelzen.

Trotzdem nickte ich und erhob mich. Wenn wir erst ein Paar wären, konnten wir noch tausendmal Sex auf seiner Behandlungsliege haben.

Er legte seine Hand ganz zart auf meinen unteren Rücken, als er mich zur Tür begleitete. Meine Wirbelsäule ging in Flammen auf, und ich spürte ein Kribbeln bis hinunter zu meiner kleinen Zehe.

An der Tür lächelte er dieses unvergleichlich verführerische Lächeln und küsste mich sanft auf die Wange.

„Bis heute Abend, Anna – ich freue mich."

„Ich mich auch."

„Dann hole ich Sie um neunzehn Uhr ab."

Ich nickte. Er hatte nicht gefragt – er hatte es bestimmt. Wenn das nicht bedeutete, dass er dominant war.

„Wie Sie wünschen", gab ich mich fügsam und hoffte, ihm damit einen Vorgeschmack auf später zu bieten.

Als ich schließlich aus dem Praxisgebäude hinaus in die Sonne trat, war ich vollkommen aus dem Häuschen. Verdammt! Ich hatte wirklich einen Mann gefunden, der … der all das verkörperte, was ich mir wünschte. Leicht vor Glückseligkeit schwebte ich beinahe zur Bushaltestelle und vergaß sogar den Schmerz in meinen Füßen.

Um mich auf das Date vorzubereiten, ging ich duschen, rasierte meine Beine, legte Make-up auf und drehte meine Haare auf Heißwickler. Zwar hingen mir die pinken Rollen jetzt wirr um den Kopf, aber die Wirkung nachher würde gewaltig sein. Ich beschloss, noch eine Kleinigkeit zu essen – damit ich später im Lokal eine kultivierte Eleganz an den Tag legen konnte und nicht alles hungrig in mich hineinschaufeln musste.

Ich saß also vor einem Teller Fischstäbchen mit Remoulade und lackierte mir dabei die Zehennägel, als Marc zur Tür hereinkam. Er hatte diese Piercing-Tussi im

Schlepptau. Ich checkte kurz, ob mein Bademantel auch ordentlich verschnürt war, schenkte ihnen aber ansonsten keine Beachtung. Sie verschwanden in Marcs Zimmer, und die Musik ging an. Dass er diese billigen Weiber überhaupt hierherbrachte, wo doch schweineteure Rechner und Monitore für seine Arbeit sein ganzes Zimmer belagerten, das war mir völlig unverständlich.

Ich wischte den letzten Spritzer Remoulade mit dem Finger vom Teller und schleckte ihn ab, als Marc in die Küche kam.

„Was machst du?“, fragte er und deutete auf die Lockenwickler.

Ich grinste. „Wir haben einen Treffer gelandet. Der Chirurg von der Dating-Seite … er ist der absolute Wahnsinn. Er sieht wirklich super aus, ist eloquent und gebildet …“

„Okay, okay – und das weißt du woher?“

„Ich hab ihn heute kennengelernt. Ich war in seiner Praxis.“ Ich merkte selbst, wie dümmlich mein Grinsen sein musste, aber ich konnte meine Freude einfach nicht verbergen.

Marcs Mine verfinsterte sich.

„Wie schön für dich!“ Er ging zum Kühlschrank und nahm zwei Biere heraus. Als er schon fast wieder im Wohnzimmer war, blieb er stehen und kam zurück. Er griff sich mit einem Zwinkern den Pfannenwender und beugte sich zu mir herunter.

„Einen Tipp, Annalein: Wenn er dich verhaut, ist Autsch ein schlechtes Safeword“, raunte er mir ins Ohr und klatschte sich mit dem Wender in die Handfläche.

„Ich werd's mir merken", kicherte ich und strich mir übers Ohr, wo sein Atem meine Haut gestreift hatte. So ein Idiot! Ich sah ihm nach, wie er das Wohnzimmer durchquerte. Am Sofa blieb er erneut stehen und drehte sich zu mir um. Er zwinkerte und ließ den Pfannenwender auf das Polster fallen. Dann ging er in sein Zimmer und schloss die Tür.

Ich grinste. Es wäre mir irgendwie wie Verrat vorgekommen, wenn er … und diese Mandy …

Nicht, dass mir der Pfannenwender so viel bedeuten würde, vielmehr war mir die Sache so schon peinlich genug. Ich wollte nicht, dass Marc mein Geheimnis mit irgendwem teilte.

Es war Punkt neunzehn Uhr, als es an der Tür klingelte. Und ich war seit zwanzig Minuten fertig und bereit. Ich hatte nicht nur ein Kondom in meiner Handtasche, sondern gleich eine Großpackung und sogar Wechselunterwäsche und eine Zahnbürste! Ich war auf alles vorbereitet – Paris, ich komme!

Christoph hatte den Weg in den dritten Stock auf sich genommen, schien aber kein bisschen außer Atem zu sein. Ich sollte es in naher Zukunft vielleicht besser vermeiden, mit ihm zusammen hier heraufzukommen, denn er würde sich schlapplachen, würde er sehen, wie ich mich manchmal am Geländer hochzog, um die letzten Stufen zu schaffen. Aber da man beim Sex ja bekanntlich eine Menge Kalorien verbrauchte – ja, sogar schon beim Küssen –, war ich guter Dinge, dass ich schon in wenigen Wochen so dünn wäre wie die abgemagerten C-Promis nach drei Wochen Dschungelcamp.

Er bot mir seinen Arm, als wir die Treppe hinuntergingen, und machte mir ein Kompliment für mein langes schwarzes Kleid. Wenn er sich über die Größe meiner Handtasche (sie ging vermutlich schon nicht mehr als Handgepäck durch) wunderte, so behielt er das für sich.

Ich fühlte mich irgendwie befangen und aufgeregt zugleich. Tatsächlich stand ein schwarzer BMW vor dem Haus, und ich vermied den Blick auf meine Rostlaube, die dreckstarrend seit letztem Herbst am Straßenrand stand. Ohne Reparatur musste ich weiterhin mit meinem Drahtesel fahren, aber die Investitionen der letzten Tage schlugen sich doch gewaltig auf meinem Konto nieder. Die Kleider, die Unterwäsche – der Riesendildo … das alles wollte ja bezahlt werden.

Christoph hielt mir die Beifahrertür auf, und ich versuchte, mich möglichst elegant – und ohne eine Naht zu sprengen – in den Sitz gleiten zu lassen.

Wir fuhren durch die Stadt (zu meinem Bedauern bog er nicht in Richtung Flughafen ab – Paris würde also noch etwas warten müssen) und führten ein angeregtes Gespräch über Fußballprofis, die gelegentlich in seine Praxis kämen, und darüber, dass er in der engeren Auswahl stand, die deutsche Nationalmannschaft als Sportmediziner während der Europameisterschaft zu betreuen. Das alles klang wirklich cool, und ich fragte mich ernsthaft besorgt, wie ich in so ein Leben passen sollte.

Christoph hingegen schien da keine Sorgen zu verspüren. Er behandelte mich wie eine Lady! Hielt mir alle Türen im Lokal auf, führte mich zu meinem Stuhl und wählte für uns beide einen Champagner zur Feier des Abends.

Es war ein wirklich vornehmes Restaurant, und wir speisten hervorragend. Es fiel mir unheimlich leicht, mit Christoph ein Gespräch zu führen, denn er war witzig, charmant und sehr redegewandt. Ich bemühte mich, unter dem Tisch immer wieder wie zufällig sein Bein zu streifen, aber das entlockte ihm keinerlei Reaktion.

Immer wieder schielte er zu dem Paar an unserem Nebentisch, das sich gelegentlich küsste und quer über den Tisch Händchen hielt.

Ich zögerte. Wollte er, dass ich vielleicht auch nach seiner Hand fasste? Gerade, als ich meinen Mut zusammennahm, griff er nach seiner Serviette und lehnte sich zurück.

„Mist!“, fluchte ich, da der Griff ins Leere beinahe sein Glas umgestoßen hätte.

„Anna!“, rief er überrascht und leicht tadelnd. „Ich verstehe, dass Sie aufgebracht sind – mir geht es in Anbetracht dieser Ungehörigkeit auch nicht anders, aber solche Worte bei Tisch?“

Ich lehnte es innerlich rigoros ab, mich für meinen impulsiven Fluch zu entschuldigen, und versuchte stattdessen, das Thema zu wechseln.

„Welche Ungehörigkeit?“

Er beugte sich zu mir über den Tisch und senkte die Stimme.

„Diese Zurschaustellung von Intimitäten ist geschmacklos. Ich halte nicht viel davon, sich zu sehr von Hormonen lenken zu lassen. Man sollte doch immer Herr über sein Tun bleiben.“ Er hob die Augenbrauen und flüsterte vertraulich: „Keine Sorge, Anna. Mich würden Sie nie bei derart hemmungslosem Treiben erwischen.“

„Ach wirklich?“ Ich kicherte, denn das musste ein Witz sein.

„Es tut mir leid, Sie schon mit diesem Gerede peinlich berührt zu haben, Anna. Da sehen Sie, was dieser ungezügelte Umgang mit Sexualität aus uns macht. Bitte, verzeihen Sie.“

Ich schüttelte den Kopf. War das sein Ernst?

Ich blickte zu dem Pärchen am Nebentisch und fand nichts Anstößiges daran. Konnte ich ja wohl auch kaum, denn ich hatte immer noch einen blauen Fleck vom Pfannenwender am Hintern.

Ich wusste nicht, was ich nun sagen sollte, aber ich ahnte, dass sich meine Enttäuschung auch in meinen Gesichtszügen widerspiegelte.

Christoph schien das zu bemerken und verlangte nach der Rechnung.

„Kommen Sie, Anna – lassen Sie uns noch eine kleine Runde spazieren gehen.

Wir verließen das Restaurant, und wie schon zuvor legte er seine Hand auf meinen unteren Rücken, als wir nebeneinander hergingen. Meine Füße brannten und waren sicher doppelt so dick wie normalerweise, und meine tonnenschwere Handtasche drohte mir dank ihres Gewichts die Absätze meiner Pumps in die Fersen zu treiben.

Doch, wie ich erwartet hatte, war Christoph zu höflich, um mein garantiert unelegantes Gestöckel auch nur zu bemerken. Marc hätte vermutlich gelacht – was es mir ermöglicht hätte, nach ihm zu schlagen oder meine Schuhe auszuziehen und barfuß neben ihm herzugehen.

So jedoch war ich gezwungen, den qualvollen Schmerz zu ertragen – ohne jede Hoffnung auf sexuelle Befriedigung am Ende des Abends. Ich litt also für nichts!

Mit einem Seitenblick auf Christoph, der schweigend neben mir her flanierte, fragte ich mich, ob er das im Lokal wirklich ernst gemeint hatte.

„Sie sind ein sehr ungewöhnlicher Mann“, versuchte ich, das Gespräch noch einmal auf die Szene im Lokal zu bringen. „Sie sind sehr geradlinig, wenn ich das richtig sehe. Sehr … geordnet.“

„Richtig. Ich mag keine Ausschweifungen.“

Das saß. Ich nickte stumm. Ich ließ mich von ihm noch eine Weile durch München führen, aber irgendwie wusste ich nicht, was das nun alles für mich und meinen Traum von wildem Sex mit diesem fantastischen Kerl bedeuten würde. Er war ohne Frage umwerfend – aber so kalt wie ein toter Fisch!

Als er den Wagen vor meiner Wohnung parkte, beleuchteten seine Scheinwerfer grell mein rostiges Fahrrad am Laternenpfosten und etwas weiter im Hintergrund das Hinterrad von Marcs Motorrad.

Ich starrte auf dieses Hinterrad und dachte über

Bierdeckelsammlungen und Inneneinrichtung nach. Nichts passte mehr zusammen. Jeden normalen Kerl würde ich jetzt noch mit nach oben bitten – aber wozu?

„Es war ein schöner Abend, Anna. Vielleicht möchten Sie nächsten Freitag mit mir auf ein Open-Air-Konzert im Olympiapark kommen? Ich habe Tickets für die Loge – denn ich behandele den Veranstalter, aber davon dürfte ich überhaupt nicht sprechen –, ärztliche Schweigepflicht, Sie verstehen?"

„Ich verstehe."

„Sehen Sie, wie Sie mich verzaubert haben, Anna? Ich verletze schon meinen beruflichen Ehrenkodex", scherzte er und lächelte charmant.

„Christoph, ehe ich Ja sage … würden Sie mir einen Gefallen tun?", wagte ich mich vor, denn dieses Fragezeichen in meinem Kopf verlangte nach Antworten.

„Natürlich, meine Liebe. Um was geht es?"

„Würden Sie … würden Sie mich küssen?"

Seine Augenbrauen schnellten nach oben, eine steile Falte bildete sich auf seiner Stirn.

„Wie bitte?"

Ich presste genervt die Lippen zusammen.

„Küssen! Ich würde Sie gerne küssen!", erklärte ich in einem Ton, von dem ich selbst fand, dass er meine Chancen auf einen guten Ausgang dieses Abends deutlich reduzierte.

„Wenn … wenn Sie das gerne möchten, Anna. Dann natürlich, aber … aber ich muss zugeben, das geht mir fast etwas zu schnell."

Ich schloss die Augen und atmete tief durch.

Beruhige dich!, befahl ich mir selbst und lächelte ihn mit mehr Geduld, als ich eigentlich aufbringen konnte, an.

„Ich möchte Ihnen nicht zu nahe treten, Christoph, aber ich … ich würde gerne sehen, ob das mit uns … Sinn macht."

„Natürlich. Ich verstehe das. Wenn Sie dann so weit sind …"

Ich hätte beinahe losgeprustet vor Lachen, aber damit hätte ich vermutlich sein empfindliches Gleichgewicht gestört.

„Ich bin so weit", stimmte ich ernst zu und neigte mich im Sitz zu ihm hinüber. Unsere Lippen trafen sich, und mich durchzuckte ein Stromstoß. Seine Lippen waren warm, und ich wünschte, er würde sie für mich öffnen. Sein Atem kitzelte auf meiner Wange, und mein Herzschlag beschleunigte sich.

Himmel, da war was zwischen uns! Warum war er nur so verklemmt?

Ich lehnte mich zurück und leckte meine Lippen.

„Ich komme sehr gerne mit – wenn Sie mich noch mitnehmen möchten", erklärte ich ihm entschlossen. Ich musste einfach darauf bauen, dass er zum Tier werden würde, wenn es mir nur gelänge, ihn aus den Fesseln seiner Verklemmtheit zu befreien. Es konnte nun mal nicht jeder von Natur aus so eine Sexbombe sein – wie ich!

„Gerne, Anna. Ich rufe Sie dann an."

Damit reichte er mir meine Tasche, und ich war wirklich froh, dass er nicht ahnte, dass die bis zum Bersten mit Kondomen gefüllt war.

Kapitel 7

„Du kommst spät!“

Marc saß in Boxershorts auf dem Sofa und zappte durch die Programme.

Ich ließ die Handtasche fallen, schlüpfte aus meinen Schuhen und stöhnte, als meine Füße ihre Ursprungsform wieder annahmen.

„Du hast doch nicht etwa auf mich gewartet?“, fragte ich und holte mir in der Küche ein Glas Wasser.

„Quatsch! Ich hab mir gerade einen Porno angeschaut und nur umgeschaltet, um dein sanftes weibliches Gemüt nicht zu belasten.“

Ich schnaubte. Zum Teufel! Für ein Mädchen, das davon träumte, ans Bett gefesselt zu werden, fasste man mich heute deutlich zu oft mit Samthandschuhen an.

„Schalt ruhig zurück – das stört mich doch nicht.“

Marc stellte den Ton ab und rückte beiseite, damit ich mich neben ihn setzen konnte. Sein Bein berührte meines.

„Und? Wie war dein Hammer-Kerl?“, fragte er mit gehobener Spottbraue, und ich beschloss, ihm nicht schon wieder einen Grund zu geben, über mich zu lachen.

„Es war ein schönes Date. Wir waren essen. Und am Freitag gehen wir auf ein Konzert.“

Mark brummte etwas Unverständliches und lehnte sich zurück. Er sah mich irgendwie komisch an.

„Dann ist er das – dein Traumprinz, ja?"

Ich schielte auf die Chips-Packung, die auf dem Tisch lag.

„Weiß ich noch nicht – aber du und Candy-Mandy scheint ja recht gut zusammenzupassen."

Ich neigte mich nach vorne und griff mir die Tüte.

„Apropos Candy – ich hab dir auch Schokodrops mitgebracht", sagte Marc und stand auf. „Für den Fall, dass dein Date ein Reinfall gewesen wäre. Als Trostpflaster sozusagen", meinte er grinsend und holte die bunte Packung aus der Küche.

„Na, dann gib sie mal her, denn so ganz nach Plan lief das Date ja dann auch nicht", gab ich zu und fing die Tüte, die Marc mir zuwarf. Als er über meine Beine stieg und sich wieder neben mich setzte, musste ich mir eingestehen, dass er viel zu gut aussah für diese blondierte Piercing-Tussi.

„Echt? Ich dachte, es war so toll? Und Mandy ist übrigens Geschichte. Ihr ständiges Gekicher war ja kaum auszuhalten."

Das war interessant. Irgendwie war ich erleichtert – nicht, dass ich eifersüchtig gewesen wäre, aber Marc hatte schon was Besseres verdient.

„Also, Annalein, jetzt, wo du meine Drops isst, will ich die Wahrheit wissen." Er kam näher und grinste. „Die ganze Wahrheit!"

Ich lachte und schüttete mir eine Handvoll Drops in den Mund.

„Es gibt nichts zu berichten, Marc. Wirklich. Es ist … absolut nichts Aufregendes passiert." Und das entsprach genau der Wahrheit.

„Aua!“ Marc runzelte die Stirn, fummelte hinter seinem Rücken herum und zog den Pfannenwender aus der Sofaritze. Er hob seine Augenbraue und klatschte sich leicht damit in die Hand.

Ich lachte.

„Hat er dich verhauen?“

Er warf mir das gute Stück in den Schoß und zwinkerte.

„Das hätte dir wohl gefallen, wie? Aber ich sag dir eins, Anna – ich werde nie wieder Eier damit wenden können, ohne dein leises Keuchen zu hören.“

„Ha!“ Ich grinste breit und sah ihn herausfordernd an. „Gib’s zu, Marc – du stehst drauf!“

Er lachte und schaltete den Ton des Fernsehers wieder an. Er streckte sich, und sein Bein streifte meines. In meinem Magen kribbelte es, und ich erwiderte absichtlich den Druck. Marcs Blick hing an meiner Wade, die unter dem schwarzen Stoff hervorspitzte.

„Wenn’s dich glücklich macht, Anna – dann … ja. Dann muss ich zugeben, dass es ganz nett war, dich so über den Stuhl gebeugt zu sehen – allerdings hätt’s den Kochlöffel meiner Meinung nach nicht gebraucht. Dein Hintern ist doch ohne Striemen viel schöner, findest du nicht?“

Nachdem ich die ganze Tüte Drops und die restliche Tüte

Chips gegessen hatte und zusammen mit Marc das Ende des Pornofilms angesehen hatte, lag ich nun in meinem Bett und grübelte. Der Ausklang dieses Abends war wirklich nett gewesen, und ich ertappte mich dabei, wie ich doch tatsächlich über Marc nachdachte.

Verdammt, in Boxershorts machte er echt was her. Der gefakte Sportler-Aron sah auf seinem Profilbild nicht wesentlich besser aus. Allerdings war Marc bei Weitem nicht so hypermaskulin wie Christoph. Ich biss mir auf die Lippe. Aber wenigstens benutzte mein Mitbewohner seinen Penis für etwas anderes als nur zum Pinkeln …

Ich schlug wütend mit der Faust auf die Bettdecke. Das mit Christoph war doch zum Verrücktwerden. Ich musste dem Kerl einheizen! Vielleicht könnte ich mir von Fotzen-Harald eine Viagra borgen und sie Christoph in den Drink mischen. Mit nem Ständer in der Hose, so hart wie Granit, würde er doch sicherlich …

Ich musste lachen und rollte mich herum. An Schlaf war einfach nicht zu denken. Daher angelte ich mir Marcs Laptop vom Nachtkästchen und schaltete ihn an. Vielleicht gab es ja noch andere Kandidaten.

Zu meiner großen Überraschung erschien ein herzförmiger Briefumschlag in meinem Profil, kaum dass ich mich angemeldet hatte. Eine Kontaktanfrage.

Aufgeregt setzte ich mich auf und nahm den Laptop auf den Schoß. Mit zitternden Fingern öffnete ich den Umschlag.

Schon allein das Profilbild ließ mein Herz höherschlagen. Es war kein Foto – sondern eine silbergraue Krawatte. Er nannte sich Mr. Grey!

Er hatte kaum Informationen zu sich in seinem Profil hinterlegt, aber das war mir egal. Instinktiv wusste ich es – das war mein Mann! Mit feuchten Fingern öffnete ich die Nachricht.

Ich bin gefesselt von Dir. Du schürst mein Verlangen. Ich will Dich kennen, wie niemand Dich kennt. Ich will Dir nahe sein, wie niemand es vorher war. Und ich will so viel mehr, aber ohne Dich zu erschrecken. In Deinen Augen sehe ich, dass wir ein Geheimnis teilen, liebe Anna. Ein Geheimnis, einen Traum.

Dein Mr. Grey

Mein Herz hämmerte wie wild, und ich starrte minutenlang auf den Bildschirm.

Antwort – klickte ich an.

Hallo, geheimnisvoller Mr. Grey. Du hältst dich ja sehr bedeckt. Vielleicht sollten wir in den nächsten Tagen einfach mal telefonieren?

Anna

Senden.

Atemlos las ich noch einmal seine Nachricht. Vielleicht hätte ich mehr schreiben sollen? Ich grübelte über meine wenigen Worte nach, als das Programm eine neue Nachricht meldete.

„Scheiße!", murmelte ich und versuchte, mich zu beruhigen.

Du bist online – findest Du keinen Schlaf?

Schlaf? Wie sollte ich denn jetzt an Schlaf denken? Ich war hellwach. Jede Faser meines Körpers vibrierte, und ich konnte kaum atmen – geschweige denn tippen.

Nein. Das ist Deine Schuld.

… schrieb ich und wartete.

Auch Du bringst mich um den Schlaf, Anna. Ich liege hier und stelle mir vor, wie Deine Haut schmeckt. Wie Du klingst, wenn …

Wenn??? Wenn was? Ich scrollte nach unten, aber die Nachricht war zu Ende. Himmel, ich war wirklich heiß auf diesen Kerl. Ich versuchte, die warnende Stimme in meinem Ohr, dass er vermutlich furchtbar hässlich sei, wenn er kein Foto von sich zeigen würde, zu überhören.

Wie ich klinge, wenn …?

Mein Mauszeiger blinkte, während ich unruhig auf eine Antwort wartete.

**lol* Du weißt, was ich meine, denn wir denken dasselbe, nicht wahr? Sag mir eines, Anna: Kannst du Dich fallen lassen? Kannst Du mir vertrauen?*

Wir dachten dasselbe? Ich war mir da nicht ganz sicher, aber ich wollte es um jeden Preis herausfinden. Es war verrückt, einem Mann zu vertrauen, der sich hinter der Anonymität des Internets versteckte, aber irgendwie kam

er mir so echt vor. So, als würde er meine Gedanken lesen.
Beweise mir, dass ich Dir vertrauen kann, Mr. Grey. Gib mir etwas. Irgendetwas, damit ich weiß, es wird sich lohnen, Dir zu vertrauen.

Ich fand das ziemlich clever von mir. Vielleicht würde er sich zu erkennen geben … vielleicht würde dadurch das Spiel aber auch seinen Reiz verlieren.

Ich werde Dir nicht wehtun, Anna, das verspreche ich Dir. Ich werde Dich glücklich machen. Reicht das nicht?

Nein. Ich brauche schon ein bisschen mehr.

Ich wartete gespannt und biss mir dabei auf die Lippe.

Na schön, ein bisschen mehr sollst Du haben. Ich will auch immer ein bisschen mehr … In meinen Träumen trägst Du seidene Fesseln. Du wölbst Dich mir entgegen, feucht und bereit, weil Du weißt, ich werde Dir Lust schenken. Und nun wünsche ich Dir schöne Träume, Anna.

Ich atmete zitternd aus. Mr. Grey war real geworden. Und wie im Roman gelang es ihm, mich vergessen zu lassen, wer ich war. Ich wollte nur noch bei ihm sein.

Noch mehrmals las ich seine Botschaften, ehe ich den Laptop zuklappte.

In dieser Nacht träumte ich von ihm. Ich sah ihn nicht, denn ich trug eine Augenbinde. Ich hörte seine Schritte, seinen Atem, der über meine nackte Haut strich. Ich ließ zu, dass er mir Fesseln anlegte. Erst an den Händen, dann an den Beinen. Ich keuchte, als er den Knoten etwas zu fest zog, und sogleich glitt seine Zunge über die Stelle und linderte den Schmerz. Seine Hände waren überall auf mir, berührten mich, erkundeten meinen Körper auf eine Art, wie ich es nie erlebt hatte. Eine Feder umkreiste meine Brustwarzen ganz zart, ehe er seine Zähne in dieses empfindliche Fleisch grub. Ich gab ihm nach, als er meine Beine spreizte. Er berührte meinen Po, dort, wo meine Haut wund vom Pfannenwender war ...

Stöhnend wachte ich auf und fand für die restliche Nacht keinen Schlaf mehr. Ein beunruhigender Gedanke lauerte im hintersten Winkel meines Unterbewusstseins, und ich benötigte meine ganze Kraft, ihn in diesem Winkel meines Gehirns zu verdammen.

Es war ein dummer Gedanke.

In den nächsten Tagen verbrachte ich viel Zeit vor dem Computer. Auch vom Büro aus verfolgte ich unsere Kommunikation, die nur über diese Seite stattfand. Weder hatten wir miteinander gesprochen noch uns getroffen. Trotzdem war ich verliebt. Selbst Marc war das aufgefallen. Und das, obwohl ich ihn kaum zu Gesicht bekam. Er verkroch sich in sein Zimmer – genau wie ich.

Nur am Morgen hatte er mich aufgezogen, weil ich so verquollene Augen hatte. Kein Wunder, ich hatte die halbe

Nacht mit Mr. Grey gechattet.

Ich drehte mich um und überprüfte, ob eine meiner Kolleginnen in meine Richtung sah, aber die hatten die Köpfe über ihre Unterlagen gebeugt. Also konnte ich kurz online gehen und sehen, ob er etwas geschrieben hatte.

Geht es Dir gut? Ich habe Dich doch nicht zu hart rangenommen?

Ich grinste. Das Einzige, was mir zu schaffen machte, war, zu akzeptieren, dass ich irgendwann auch Schlaf brauchte. Aber es war süß, dass er sich Sorgen machte.

Alles gut, schrieb ich zurück. *Ich denke an Dich.*

Für mehr war während der Arbeit keine Zeit, also loggte ich mich aus und bearbeitete den nächsten Fall.

Die Tür ging auf, und ein Mann kam herein. Er trug eine Aktentasche, und zusätzliche Papiere hatte er sich unter den Arm geklemmt. Er trug eine Halbglatze, und sein Bauch hing ihm über den Gürtel.

Zielstrebig steuerte er meinen Schreibtisch an, weil der der Tür am nächsten stand.

„Harald Hittinger – ich habe einen Termin."

Ich zuckte zusammen. Diese Stimme kannte ich! Oh Gott! Das war Fotzen-Harald! Nur auf den zweiten Blick erkannte ich ihn auch von seinem Profilbild – das bestimmt schon vor zehn Jahren gemacht worden war, denn er sah aus wie Mitte vierzig. Nur war die Zeit mit ihm weniger gnädig verfahren als mit Christoph.

Schnell senkte ich den Blick, denn ich wollte unbedingt

vermeiden, dass er mich ebenfalls erkannte.

Mit herrischem Ton (den ich ja schon kannte) verlangte er, ihn meinem Chef zu melden.

Ich nickte und wandte ihm den Rücken zu, als ich zum Telefonhörer griff.

„Herr Lindner? Ein Herr Hittinger ist hier."

Aus dem Augenwinkel beobachtete ich ihn, wie er sich möglichst unauffällig am Hintern kratzte. Mir wurde übel.

Verdammte Scheiße! Marc hatte recht – jetzt fühlte ich mich von diesem Perversen vergewaltigt. Ich hatte ja keine Ahnung, wie … Ich sah direkt vor mir, wie er an sich selbst herumfummelte, während ich mich mit dem Pfannenwender verdroschen hatte.

Das war definitiv der traurigste Tag meines Lebens gewesen! Der Tiefpunkt!

Mein Chef kam ins Büro und grüßte Fotzen-Harald freundschaftlich. Sie machten offensichtlich einen Scherz, den ich aber akustisch nicht verstand, und gingen zusammen in Lindners Büro.

Als sich die Tür hinter den beiden schloss, griff ich mir meine Tasche und verschwand. Ich gab plötzliche Übelkeit vor, was nicht einmal gelogen war.

Als ich im Bus saß, klingelte mein Handy. Es war Christoph, aber ich ging nicht ran. Ich hatte genug von den Kerlen dieser Website. Es gab keinen Mr. Grey. Im Netz gab es nur Lügen – keine Liebe! Wie hatte ich nur so dumm sein können?

Ich schüttelte den Kopf und fluchte, was eine ältere Dame dazu veranlasste, mich entsetzt anzusehen und sich auf einen Sitzplatz ein Stück weiter vorne im Bus umzusetzen.

Blöde Kuh!

Zu Hause donnerte ich die Tür ins Schloss und ging direkt zum Kühlschrank. Ich nahm mir ein Bier und eine Packung Drops. Frustriert lehnte ich am Tisch und trank einen großzügigen Schluck, als Marc hereinkam.

„Was machst du denn schon hier?“, fragte er und schielte gehetzt auf seine Zimmertür.

„Hast du Besuch?“, vermutete ich, aber er schüttelte den Kopf.

„Nein, nein … ich arbeite heute von zu Hause. Das ist schon alles. Und bei dir? Schon Feierabend?“

Ich brummte eine Verneinung und nahm noch einen Schluck aus der Flasche.

„Fotzen-Harald war heute bei mir in der Kanzlei. Ich muss mir also einen neuen Job suchen!“

„Fotzen-Harald?“

Ach klar, Marc kannte ja nicht mal den Namen des Typen.

„Der Kerl vom Telefon – der mit dem Pfannenwender“, erklärte ich.

Marc lachte. „Und? Hat er dich diesmal persönlich übers Knie gelegt?“

Ich stieß ihn in die Seite. Das war nicht witzig!

„Idiot!“, fauchte ich. „Der Typ war widerlich! Mir reicht es jetzt! Ich werde mein Profil auf dieser Spinner-Seite löschen und mir lieber noch mal einen Vibrator kaufen, der auch für Menschen gemacht ist!“

Ich kippte mir eine ganze Ladung Drops auf einmal in den Mund und kaute wütend darauf herum.

Marc schüttelte den Kopf, und seine Spottbraue hob sich. Ich hätte am liebsten erneut nach ihm geschlagen, aber er kam mir zuvor und nahm meine Hände.

„Annalein“, sagte er mit sanfter Stimme, die wie Balsam auf meiner verwundeten Seele klang. „Ich habe dir doch gesagt, dass, wenn alle Stricke reißen, eben ich dir den Hintern versohle.“

„Ach, Marc!“, jammerte ich. „Ich … ich glaube, ich lasse diesen ganzen Scheiß! Ich will doch einfach nur geliebt werden!“

Ich riss mich los und stapfte in mein Zimmer. Gerade mit Marc konnte ich so was nicht besprechen. Er war zu … zu … na, eben einfach zu sehr Marc!

Ich klappte den Laptop auf, um mein Profil zu löschen, als ich sah, dass Mr. Grey wieder geschrieben hatte.

Bestimmt noch so ein verlogener Perverser! Wenn ich vernünftig wäre, dann würde ich ihm kein Wort glauben und ihn zum Teufel jagen. Der spielte doch nur mit mir.

Ich will Dich treffen, Anna. Ich habe genug davon, mir nur einzureden, Dir nahe zu sein. Ich will Dich! Was machst Du heute Abend?

Shit! Ich hätte das besser nicht lesen sollen! Jetzt geriet

mein Entschluss, das Profil zu löschen, doch wieder ins Wanken.

Ich kann das nicht mehr.

Ich starrte meine Antwort an, und mir kullerte wirklich eine Träne über die Wange. Ich war zu doof! Jetzt heulte ich wegen eines perversen Lügners! Aber so bescheuert das auch war, ich hatte mich ihm so nahe gefühlt.

Ich verstehe das. Geht mir auch so. Keine Geheimnisse mehr. Vertrau mir, Annalein.

Ich schloss die Augen und weinte. Annalein! Natürlich!

Mit einem Mal war mir alles klar!

Ich war ja so dämlich! Zornig stand ich auf und ging auf und ab. Ich konnte kaum den Laptop zerschlagen, aber das würde sich bestimmt gut anfühlen! Es war gut, dass mich gerade jetzt niemand sehen konnte, denn ich raufte mir im wahrsten Sinne des Wortes die Haare! Vermutlich war Fotzen-Harald von allen Kerlen im Web der ehrlichste!

Noch eine Nachricht kam an. Pah! Als würde ich die noch lesen!

„Leck mich – Mister Grey!", schrie ich so laut, dass man es in der ganzen Wohnung hören musste, klickte aber auf den Umschlag.

Ich liebe Dich!

Was?

Ich wischte mir die Tränen aus den Augen und starrte benommen auf die drei Worte. War das ein Scherz? Irgendwo hörte der Spaß doch auf, oder? So geschmacklos konnte nicht mal Marc sein!

Ein weiterer Umschlag wurde angezeigt, und obwohl ich zitterte vor Herzschmerz, Wut und Enttäuschung, öffnete ich auch den.

Triff mich um acht in der Küche – wenn Du willst.

Ich lachte zynisch. Woher sollte ich denn wissen, was ich wollte? Ich wusste nur, was ich nicht mehr wollte! Ich wollte keinem verfluchten Traum mehr hinterherrennen! Ich löschte mein Profil, fuhr den Computer herunter und griff mir meinen abgegriffenen Roman. Ich hatte ihn inzwischen bestimmt zehn Mal gelesen.

Ohne Bedauern verbannte ich ihn jetzt ins Regal, zu all den anderen Büchern, die eben *nur Bücher* waren.

Kapitel 8

Um kurz vor acht fragte ich mich, wie um alles in der Welt ich mich in dieser Situation wiederfinden konnte. Wie um alles in der Welt war ich hier gelandet?

Ich kniete breitbeinig, nur in roter Unterwäsche und mit verbundenen Augen auf dem Küchentisch und wartete …

Es war bescheuert, das wusste ich selbst, aber er hatte mir echt wehgetan – und das, obwohl ich ihm vertraut hatte. Nun war es an ihm, zu zeigen, wieviel Mut er besaß.

„Komm schon!", ermahnte ich mich selbst, durchzuhalten, denn meine Knie schmerzten und ich hatte Angst so im Dunkeln das Gleichgewicht zu verlieren. Ich kicherte leise, denn mit einem Mal wurde mir klar, wie falsch ich damit gelegen hatte. Ich würde es vermutlich nie im Leben erregend finden, so auf einen Partner zu warten. Es war erniedrigend! Warum nur hatte ich mir gedacht, es wäre erregend, erniedrigt zu werden?

Wieder kicherte ich, denn egal, was auch immer ich dachte, es war zu spät, jetzt einen Rückzieher zu machen.

Ich hörte, wie Marc seine Tür öffnete. Ich hörte seine Schritte – er kam näher.

Mein Herz hämmerte wie verrückt, und ich hielt den Atem an.

„Anna?"

Er klang überrascht und unsicher. Seine Schritte waren

verstummt, also musste er noch immer in der Tür stehen.

„Mister Grey“, antwortete ich und neigte den Kopf unterwürfig. „Willst du nicht herausfinden, wie meine Haut schmeckt? Wie ich klinge, wenn …“, spottete ich, indem ich seine eigenen Worte verwendete.

Ich hörte ihn atmen, aber mehr auch nicht. Zum Teufel, warum sagte er denn nichts? Ich zitterte schon, vor Angst und Scham. Denn auch wenn ich mich an ihm rächen wollte, so offenbarte ich ihm damit doch mehr, als ich eigentlich wollte.

Er kam näher. Seine Schritte klangen nahe, und ich spürte den Luftzug seiner Bewegung.

„Anna, du …“ Ich zuckte zusammen, als er seine Hand auf meinen Rücken legte.

„Ich weiß, Marc. Autsch ist ein schlechtes Safeword“, hauchte ich, denn seine Berührung machte mich schwach.

„Annalein, du brauchst kein Safeword. Du musst damit aufhören“, flüsterte er und strich mit seiner Hand bis auf meinen Po. „Vertrau mir, das, was du hier sein willst – bist du nicht.“

Er kam um den Tisch herum und nahm mir die Augenbinde ab. Sanft strich er mir das Haar aus dem Gesicht.

Er sah traurig aus, als er meine Wange berührte. Zögernd neigte er sich zu mir und küsste mich sanft auf den Mund.

„Ich will dich, Anna“, raunte er und hob mich vom Tisch. „Schon seit ich dich kenne. Darum ging meine Beziehung mit Tanja in die Brüche. Deshalb bin ich hier eingezogen – und sie gegangen. Ich will dich, aber nicht so.

Du bist eine starke, sture und intelligente Frau – und das ist so sehr viel mehr, als ein devotes, unterwürfiges Sexspielzeug jemals sein kann."

Er hielt mich in seinen Armen, und ich hätte weinen mögen vor Glück. Mit einem Mal war alles so einfach. Seine dunklen Augen hatten mich immer verfolgt. In all meinen Träumen.

„Ich weiß das jetzt, Marc. Ich will das ja auch alles gar nicht mehr, aber warum hast du dieses Spiel mitgespielt? Warum so getan, als wärst du Mr. Grey?"

Er zuckte mit den Schultern und schien etwas verlegen.

„Ich wollte dich nicht an einen dieser anderen Spinner verlieren", gestand er. „Ich hatte Angst, du könntest dich da in etwas verrennen – und verletzt werden. Ich hatte gehofft, dass du deinen Fehler erkennst, wenn du nur lange genug Zeit hast, zu überlegen, was du wirklich willst."

Er trug mich ins Wohnzimmer. Sein dunkler Blick brannte sich in meinen.

„Und du wirst mich nicht verletzen?", fragte ich, als er mich aufs Sofa legte und sich über mich beugte.

„Nein, das werde ich nicht, Anna. Versprochen."

Ich lachte, aber er küsste mich so stürmisch, dass mir der Atem genommen wurde. Ein Feuerwerk explodierte in meiner Magengrube, und ich verlor mich in dem Gefühl, genau das gefunden zu haben, was ich so verzweifelt gesucht hatte. Marcs Hände setzten meinen Körper in Brand, und ich wölbte mich ihm entgegen. Hektisch öffnete ich die Knöpfe seiner Jeans, aber Marc wich zurück.

„Anna", unterbrach er unseren Kuss atemlos und fasste

nach meinen Händen. Er hob seine Spottbraue und grinste breit. Mit einem Nicken deutete er auf seinen Schritt. „Anna, ich fürchte, ich muss dir etwas gestehen …“, erklärte er ernst. „So groß wie dein lila Vibrator ist *er* nicht.“

„Sehr beruhigend“, lachte ich und zog Marc zu mir herunter. Mein Mr. Grey brauchte auch gar nicht so viel, um mich glücklich zu machen. Sein Kuss reichte völlig aus!

Ende

Lesen Sie auch:

Ein Kuss in den Highlands

Als die junge und eigenwillige Charlotte das wunderschöne Anwesen in den schottischen Highlands erbt, fühlt sich zunächst nichts richtig an: Sie vermisst ihre verstorbene Tante, mit der sie früher gemeinsam malte. Und mit dem raubeinigen, wenngleich sehr attraktiven Highlander Matt, der sich um das Haus kümmert, kann sie nicht viel anfangen.
Wenn da nur nicht diese Blicke zwischen ihnen wären!
Doch Charlotte gehört nun mal nach London zu ihrem Verlobten. Am besten sie verkauft das Haus, so schnell es geht. Aber irgendetwas in ihr sträubt sich dagegen. Und wo sind eigentlich die Bilder, die ihre Tante gemalt hat?
Charlotte begibt sich auf die Suche nach verschollenen Kunstwerken, nach sich selbst und der wahren Liebe.

Klang der Gezeiten

Wie leicht einem das große Glück durch die Finger rinnen kann, muss Piper erkennen, als Daniel, der Mann ihrer Träume und Vater ihres ungeborenen Kindes, bei Arbeiten in ihrem Traumhaus am Strand stirbt. Pipers Welt bricht zusammen und all ihre Träume und Hoffnungen werden unter dem Schmerz des Verlustes begraben. Um Daniel nahe zu sein, beschließt sie gegen den Rat von Freunden und Familie in das unvollendete Haus einzuziehen. In dieser schwierigen Situation ist ihr Daniels bester Freund Kevin eine große Stütze. Doch gerade jetzt fällt es ihr schwer, mit den tiefen Gefühlen umzugehen, die Kevin für sie entwickelt.

Im Trost der Wellen versucht Piper ihre Wunden zu schließen und ihren Weg zurück ins Leben zu finden.

„Es gibt Geschichten die berühren dich nicht nur, sondern haben für immer einen besonderen Platz in deinem Herzen. Klang der Gezeiten gehört für mich zu diesen besonderen Büchern." **- Daisy and Books**

Emily Bold wurde 1980 in Mittelfranken geboren, wo sie auch heute noch mit ihrem Mann und ihren beiden Töchtern lebt.
Sie schreibt Liebesromane, Paranormal Romance und Jugendbücher und blickt mittlerweile auf sechzehn deutschsprachige sowie sechs englischsprachige Bücher und Novellen zurück, die den Lesern viele romantische Stunden, und Emily eine begeisterte Leserschaft beschert haben. Roman Nr. 17 ist bereits in Arbeit. Über das Schreiben sagt sie: "Schreiben ist für mich Entspannung, Passion und Leidenschaft. Mit meinen eigenen Worten neue Welten und Charaktere zu erschaffen ist einfach nur wundervoll."

Mit "Ein Kuss in den Highlands" veröffentlichte sie nach "Klang der Gezeiten" bereits ihren zweiten zeitgenössischen Liebesroman. Aktuell arbeitet Emily gemeinsam mit den Ullstein Taschenbuchverlagen an einem neuen Buchprojekt für das Herbstprogramm 2015.

Emily freut sich über Post von ihren Lesern – schreiben Sie ihr: kontakt@emilybold.de oder besuchen Sie Emily im Web: emilybold.de und thecurse.de.

Bücher von Emily Bold

Fan werden! facebook.com/emilybold.de

6221294R00065

Printed in Germany
by Amazon Distribution
GmbH, Leipzig